SUNG YA NOTE VOL.1

胡媚兒
三百歲的狐仙，在人間的工作是平面模特兒。
個性樂天、活力充沛，像小狗一樣熱情親人，
喜歡變成狐狸向蒲松雅撒嬌。
她除了會法術和力大無窮外，胃袋完全是個無底洞。
蒲松雅
秋墳二手租書店店長，二十五歲，單身。
對動物熱情，對人類卻相當冷漠。
由於過去被背叛的經歷，因此對人類的信任感很低，
但只要能取得他的信賴，就會為對方赴湯蹈火。

朱孝廉

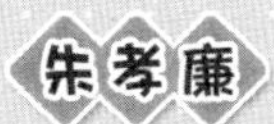

秋墳書店的工讀生。和胡媚兒一樣樂天熱情的他，卻很容易把別人的善意解讀為愛意。

荷二郎

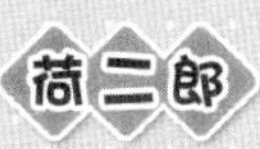

秋墳書店經營者。個性慵懶，令人難以捉摸，喜歡捉弄和騷擾蒲松雅。

宋壽公

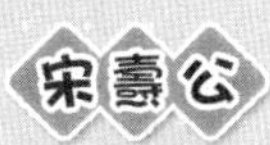

個性豪邁的城隍爺，行為舉止卻像流氓大哥，對於違規者和欺負自己弟弟的人毫不手軟。

宋壽正

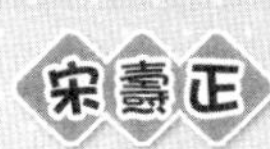

宋壽公的弟弟兼專屬乩童，長相斯文，沉默寡言，默默喜愛著胡媚兒。

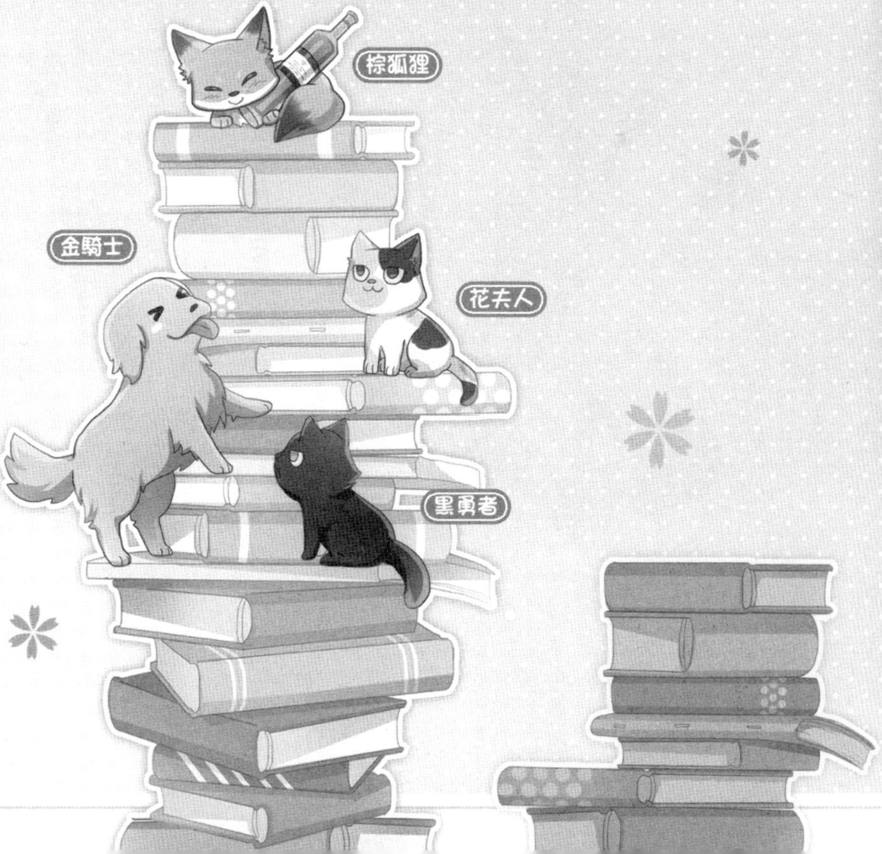
棕狐狸
金騎士
花夫人
黑勇者

CONTENTS

SUNG YA NOTE VOL.1

第一章

是誰灌醉狐狸！

蒲松雅是個比一般人冷漠，也比一般人熱情的男人。

說他比一般人冷漠，是因為蒲松雅鮮少主動幫助陌生人，對於一般人會覺得可愛的小孩、撒嬌的少女也不會升起憐愛之情；當他面對其他人搭訕時，也常常以閃躲或沉默面對。

而說他比一般人熱情，是因為蒲松雅是個無法對動物的痛苦視而不見的人。他時常自掏腰包將受傷的小動物送去看醫生，也隨身攜帶飼料給偶遇的貓狗；家中除了相伴五年的兩隻貓、一隻狗之外，也收容了一些需要照顧的流浪動物。

蒲松雅對人類既冷漠又沒耐心，不過對小動物則是熱情又寬容，導致他人生二十五年來熟識的動物朋友，比熟識的人類親友多上數倍。

只是儘管蒲松雅對受難小動物如此有愛，他還是很難決定要怎麼處理地上的狐狸。

他不過是出門買麻辣鴨血當消夜，回家後自家公寓門口就多了一隻棕狐，且這隻狐狸的身上還蓋著、墊著凌亂的衣物，讓整個畫面變得更超現實了。

如果躺在蒲松雅家門口的是貓、狗，或是兔子之類的寵物，那麼他會二話不說先檢查動物有沒有受傷，然後視情況送醫或自行收容。但是現在躺在門口的是狐狸，是一隻和中型犬差不多大、睡到打呼的棕色狐狸……

話說回來，這隻狐狸是怎麼進來的？這間公寓雖然沒有管理員，可是一樓有扇鐵門，且蒲松雅清楚記得自己離開時有把門帶上。

吠聲打斷蒲松雅的思考，他所飼養的黃金獵犬金騎士顯然發現主人站在門外，此刻正熱情的在陽臺搖尾吠叫。

「汪！汪汪汪汪！」

「金騎士乖，我聽到了，我馬上進去，乖～不要叫！」

蒲松雅試圖安撫愛犬，他的嘗試獲得約十秒的安靜，緊接著汪汪聲與喵喵聲一起震動門板，在樓梯間掀起陣陣回聲。

要一隻深愛主人的黃金獵犬忽視門外的主人保持安靜，是個不可能達成的期望；而希望兩隻機靈的貓咪忽略犬吠與主人的聲音不一起湊熱鬧，也同樣不切實際。

要讓這兩者閉上嘴只有一個辦法——讓牠們看到主人。

蒲松雅嘆了一口氣，彎腰抓住狐狸身下的布料往旁邊拖，清出開門的空間後，掏鑰匙打開大門。

門一打開，金騎士就跳出來撲到主人身上，急切的想用舌頭表達自己的思念。

蒲松雅笑著左右閃避舌頭，摸摸愛犬的頭再把牠推開，跨過門檻朝陽臺底部的鞋櫃走去。他打算先放下隨身物品，再想想要怎麼處理門外的狐狸，然而他剛把麻辣鴨血放上櫃子，眼角餘光就瞄到金騎士繞著棕狐嗅聞。

蒲松雅怕金騎士吵醒狐狸，趕緊轉身招手道：「金騎士，回來！」

黃金獵犬抬起頭看看主人，搖搖尾巴垂下頭，啣住棕狐的脖子，把狐狸叼起來。

蒲松雅的動作瞬間停止，從招手轉為搖手，「不對、不對，你回來就好，別碰那隻狐狸。」

金騎士歪頭停頓片刻，發出「主人我懂你的意思」的嗚聲，叼著棕狐走到蒲松雅身邊，先放下狐狸，再坐下搖尾巴。

同時，蒲松雅的兩隻貓——花夫人和黑勇者隔著紗門注視著人類與狗，毛茸茸的臉乍看之下沒有表情，但所有專業的貓奴都看得出來裡頭的嘲笑。

蒲松雅的嘴角抽動兩下，認命的伸手撫摸金騎士，跨過狐狸準備將門關上。

他在伸手拉門時看到被自己挪動的衣物——金騎士沒能將它們一起叼進來——猶豫片刻後，他出門將衣服帶回來。

蒲松雅鎖上大門，把衣物放到鞋櫃上，雙手抱胸注視著繼續睡大覺的棕狐，他決定先把狐狸抱到鐵籠子中關好。

這個工作讓他發現兩件事——

第一、棕狐有掛項圈，而且還是一條樣式、做工都精緻如人類項鍊的銀網項圈。

第二、牠身上有很重的酒味。

第一項發現讓蒲松雅確定這隻狐狸是某人的寵物，而第二項發現讓他想依動物保護法控告某個人類——是哪個蠢蛋讓狐狸喝酒！

他抱著怒氣餵貓餵狗餵自己，再到客房看看前天從醫院帶回家的流浪貓。處理完屋內所有居民的需求後他才坐了下來，檢查和狐狸一起出現的凌亂衣物，希望能從中找到狐狸飼主的線索。

蒲松雅將揪成一團的衣服一件一件分開，先是拉出一件深藍色的西裝外套，然後是與外套同色的窄裙、白襯衫、紅色手帕、紫領結和絲襪，最後是性感的蕾絲黑胸罩。

蒲松雅在抽出胸罩與內褲時整個人愣住，隔了一秒才回神丟掉手中的東西。

這是個相當糟糕的決定。金騎士誤以為主人在和牠玩拋接遊戲，興奮的跑過來在空中攔截胸罩，接著喜孜孜的把衣物叼到蒲松雅的膝蓋前方。

蒲松雅的嘴角抽動兩下，將手抬到黃金獵犬的頭上，停頓幾秒後輕輕摸狗頭。

蒲松雅是名盡可能尊重寵物天性的飼主，除非小動物的行為導致其他動物或人類受傷、物品損毀，否則他不會責罵牠們。

而把主人不想看見的女性內衣叼回來的這個行為，顯然不符合蒲松雅的責罵標準——儘管他感到非常困窘。

蒲松雅把胸罩從金騎士的嘴裡抽出，從櫃子裡拿出牛奶骨頭拋給金騎士。

狗兒大嘴一張接住骨頭，開開心心的窩在地上啃咬。

蒲松雅繼續搜索衣服——這次他小心的別拋出任何東西。他在外套口袋中找到鑰匙與酒紅色的錢包，錢包中有兩張千元紙鈔、五十三塊的零錢、一張悠遊卡和身分證。

「胡媚兒？」

蒲松雅唸出身分證上的姓名，接著看向名字旁的大頭照。

照片中是一位纖瘦的女子，這名女子戴著一條銀網項鍊，她有一張精緻、充滿靈氣的臉，配上染成淺棕色的長髮十分吸引人。

如果蒲松雅對人類的興趣能有對動物時的一半，肯定會細細的觀看這張大頭照；可惜，他對人類的興趣只有對動物時的三分之一，因此他只看一眼，便把身分證翻過去找地址。然後，蒲松雅就湧起把身分證對折的衝動——這張身分證的主人、給狐狸灌酒的嫌疑人，居然住在他家樓上！

蒲松雅憤怒的把身分證塞回錢包中。若不是現在已經超過十二點，他明天一早要負責開店門，他絕對會衝上樓找人理論！

「明天再找妳算帳！」

蒲松雅將錢包放到餐桌上，撿起地上的衣物走到後陽臺，將火氣與沾滿塵土、酒味的衣服一起扔進洗衣機中。

他不是好心幫對方洗衣服，他只是受不了衣服上的味道，更不想被擁有者說話。

▼※▲▼※▲▼※▲▼※▲

儘管蒲松雅前一天上晚班，又因為狐狸事件而晚睡，不過隔天早上他仍然準時於六點睜開雙眼。

……如果你養了兩隻貓、一隻狗，又有讓牠們吃早餐的習慣，自己想要賴床或睡過頭是幾乎不可能的事。

「汪！汪汪汪汪！」

「喵嗚──」

「喵、喵喵喵！」

蒲松雅在貓狗三重唱中爬起來，邊打哈欠邊換衣服，在一群毛小孩的環繞下，替自己與動物們熱早餐、看《動物星球頻道》的重播、看看他收容的受傷流浪貓與棕狐──後者仍舊在昏睡中。

然後，他牽著金騎士步行前往上班地點──秋墳二手租書店，他是該店的店長。

秋墳二手租書店是間出租並販售二手書的書店，距離蒲松雅家約半小時的路程，光聽名字就很奇怪，實際上也真的是一間很奇怪的書店。

這間店明明開在小學、國高中環繞的社區內，店內卻沒有半本漫畫、輕小說或娛樂八卦雜誌，取而代之的是一櫃櫃青少年不會有興趣的書，諸如厚如磚頭的小說、用詞隱諱難懂的

詩集、作者名不可考的泛黃書冊、眾多財經科普書籍與雜誌。

除了藏書外，秋墳租書店的裝潢也堪稱一怪。以竹子、木頭桌椅和紙燈籠裝點的店面，十個路人有九個會以為這是一間茶館，剩下的一個則是沒注意到這裡有家店。

不過，這還不是秋墳租書店最奇怪的地方，至少在蒲松雅心中還不是。

在蒲松雅心中，秋墳租書店最奇怪的地方有兩個：其之一是這間書店居然沒倒，其之二則是這間書店的店長居然是他。

蒲松雅在大二時前往秋墳租書店應徵工讀生的工作，當時他不認為自己能得到這個工作，畢竟他幾乎具備所有服務業不該具備的特質——不擅長記憶人臉、不常笑又頗有殺氣、對人類缺乏耐心、有挖苦人類的衝動，而且連續被三家速食店和一家電影院拒絕。

然而，蒲松雅卻在面試開始五分鐘內就拿下這個工作，還一路從大二做到畢業，從工讀生、正職員工一路爬到店長。

對此，蒲松雅常常覺得，自己老闆的腦袋一定有問題。

不過，即使他常常懷疑老闆的大腦運作有問題，卻沒有辭職的打算，因為沒有幾個工作能容許他帶狗上班。

蒲松雅牽著金騎士走到書店門口，以遙控器打開鐵門，在等門捲起的時間將狗牽到一旁，用牆上的水龍頭幫愛犬洗腳。

他在洗狗時聽到清脆的鈴鐺聲，回頭便見到一名老婦人騎著三輪車，緩慢的從巷子另一頭騎過來。

老婦人和蒲松雅四目相對，蒼白的臉揚起笑容道：「蒲先生，早安啊。」

「觀太太早。」

蒲松雅向老婦人——觀老太太點頭，同時抓住金騎士的項圈，以免大狗帶著水珠撲向老婦人。

觀老太太是蒲松雅稀有的人類朋友之一，她靠資源回收與老人年金過活，經濟上不甚寬裕，不過卻有一顆溫柔大度的心。她多次主動向蒲松雅打招呼、送年輕人自製的麵點，花上將近一年的時間才建立彼此的友誼。

蒲松雅打開店門，先將金騎士趕進去，這才轉向觀老太太道：「稍等一下，我去把回收物拿出來。」

「謝謝你。」

「不謝，反正那些東西留著也是送給資源回收車。」

蒲松雅快步走入店內，幾分鐘後拎著裝滿鋁罐的塑膠袋與一罐麥茶回到觀老太太面前，把塑膠袋扔到車上，將麥茶交給朋友。

觀老太太接下麥茶驚喜的道：「太感謝你了，松雅你真貼心，我該給你什麼作為回禮呢？」

蒲松雅想起過去觀老太太所送的各式雜物，趕緊搖手道：「什麼都不用，真的！」

「那可不行。」觀老太太從側背包中掏出一本看起來有八成新的書籍，遞到蒲松雅的面前道：「請收下，祝你今天平安喜樂。」

蒲松雅尷尬的接下書道：「觀太太，這本書妳可以拿去資源回收吧？」

「把這麼好的書拿去資源回收太浪費了。」

觀老太太將麥茶放到三輪車前頭的籃子，握住車把微笑道：「蒲先生，我要去收下一個地方了，祝你今天一天平安喜樂。」

「也祝妳一天平安喜樂。」

蒲松雅回答，他目送觀老太太與三輪車消失在巷口，隨即垂下肩膀返回店內，繼續開店的工作。

他準時在九點鐘將「休息中」的門牌翻過來，在廣播電臺的整點新聞聲中，打開觀老太太所贈送的書打發時間。

這是一本與心理學相關的科普書，談的是人在面對親近或重要之人背叛時的反常心理，描述與舉例都頗有趣，讓蒲松雅看著看著就忘記時間，直到門口的搖鈴響起，才回神接待本日的第一位客人。

秋墳書店早上的客人大多是年長的老主顧，對於店內的消費方式與藏書的位置統統摸得一清二楚，蒲松雅除了收錢和找錢外，幾乎不需要招呼他們。

他輕輕鬆鬆的工作到中午，邊幫新進圖書建檔，邊等待下午班的工讀生進店。

而蒲松雅所等待的那位工讀生，一如他預期的遲到了。

店門在兩點十七分時彈開，一名戴鴨舌帽、背電腦包的男大學生奔入店內，雙手拍上櫃檯，氣喘吁吁的問：「我、我有沒、沒有……」

「你沒有趕上。」

蒲松雅替對方把話說完，盯著螢幕眼也不抬的道：「朱孝廉，恭喜你集滿第二十次遲到，我想你能換到三次打烊打掃。」

「店長……」

「我不接受討價還價，事實上，我沒開除你就算不錯了。」蒲松雅挑起單眉看向朱孝廉，問：「還是說，你比較希望被開除？」

朱孝廉臉色轉青，前傾身子激動的呼喊：「不要開除我！這裡是唯一能讓我一面賺房租錢，又能一面趕報告的地方啊！」

「你是從哪想到這麼糟糕的求情語？」

朱孝廉雙手合十懇求道：「這是我最真誠的求情語，如果你感覺不到我的誠意，我願意奉上我電腦裡30G的A……」

蒲松雅在朱孝廉把話說完之前，拿起筆記本拍向朱孝廉的頭，瞪著前方的小色鬼沉聲道：「我對你電腦裡的東西一點興趣也沒有。去把東西放一放，然後出來接櫃檯。」

「遵命！」

朱孝廉向蒲松雅鞠躬，大步奔向櫃檯後方的員工休息室，將私人物品塞入置物櫃後，出來和蒲松雅換班。

蒲松雅起身將椅子讓出來，簡單提醒兼恐嚇朱孝廉幾句：「在我回來前要把資料鍵入完成。」然後出店去買午餐了。

因此，蒲松雅錯過「她」踏入店門的瞬間。

▼※▲▼※▲▼※▲▼※▲

下午的秋墳書店比早上熱鬧許多，忙裡偷閒溜到店內翻小說的婆婆媽媽、來賣二手書的大學生、以租書之名行玩狗之實的小學生，還有來買冷飲吹冷氣的國、高中生一個個進門，令蒲松雅與朱孝廉忙碌起來。

蒲松雅剛計算完一疊二手書的價格，他接下顧客遞出的紙鈔，轉頭正要叫朱孝廉找零錢，卻發現工讀生掐著滑鼠傻呼呼的注視著座位區，既沒看到店長的手，更沒看到前方排隊等租書的人。

他揚手打了朱孝廉的肩膀一下，對方頓了幾秒才回神，心不在焉的從抽屜裡拿出銅板，

慢吞吞的處理人龍。

蒲松雅皺皺眉，在客人離開後低聲問：「你在發什麼呆？」

「……有意思。」

「什麼？」

「那個女人……」

朱孝廉靠向蒲松雅，舉起右手偷偷指向靠窗最後一排的位子，「我覺得她對我有意思。」

蒲松雅抬起頭順著朱孝廉的手指看過去，一名嬌小的女子窩在那兒。

儘管女子一看到蒲松雅轉過來就低下頭，蒲松雅還是瞄到了對方的臉。漂亮的小臉、棕色的長髮、細頸上的銀項鍊……蒲松雅隱約覺得對方有點眼熟，但他沒有多加細想就低頭道：「哪有可能是對你有意思？孝廉你想太多了。」

「我哪有想太多！她在我打卡上班後沒多久就坐在那裡，只要我一把頭轉到別的地方，她就會從雜誌後面偷瞄我，她一定是對我有意思！」

「也許她只是覺得你笑得很猥褻。」

蒲松雅指指朱孝廉腿上的原文書，「別以為我不知道書皮底下藏著什麼——如果你讓客人發現你在偷看什麼，你明天就不用來了。」

朱孝廉肩膀一震，壓緊腿上的書，信誓旦旦的道：「我不會！我的技術很好，絕對不會讓客人發現。」

「你為什麼不直接別帶色情書刊來上班？這不是更輕鬆？」

「不，沒書的話，我會時時刻刻想蹺班。」

朱孝廉在蒲松雅接話前，壓低聲音再次問：「你真的不覺得，那個女人對我有意思嗎？」

「完全不覺得。」蒲松雅回答，同時用帳本拍朱孝廉的頭。

朱孝廉因這一拍而安靜，但他還是不時偷瞄女子，再對蒲松雅擠眉弄眼暗示：店長，你看她又在偷看我了。

蒲松雅白眼以對，忽視過度自戀的工讀生，專注於工作與金騎士身上，大狗正被一群學生追著玩。

時鐘在蒲松雅忙碌中走到五點，他迎來晚班的工讀生，把店內檢查一輪之後，牽起狗下班回家。

當蒲松雅走出書店時，正是學校的放學時間，街道上擠滿興奮的學生，擁擠的人群、吵鬧的笑語讓他一點也沒察覺到自己後頭多了一個人。

直到他進入便利商店，想買個便當和飲料回去當晚餐時，才透過玻璃櫃的反射發現有人躲在貨架後，露出半張臉偷窺自己。

蒲松雅胸口一沉，面不改色的把麥茶放回飲料櫃中，轉身假裝往前走，再猛然九十度轉身、伸手扣住偷窺者的肩膀。

偷窺者當場愣住，僵硬幾秒後放聲尖叫。

叫聲引起整間店的人的注意，而當他們發現大叫的是一名嬌小美麗的女性，抓人的則是面帶凶光的男性時，驚訝一下子轉為憤怒，兩名較健壯的客人甚至捲起袖子打算強行介入。

蒲松雅被女子的尖叫聲、店內的敵意嚇到，腦袋空白兩秒才鬆手，後退一步想解釋自己的行為。

然而在他開口前，女子停止尖叫，抓住蒲松雅抽回的手，將人一把拉過來。

「對不起！」女子向圍觀者九十度鞠躬，「我只是……只是嚇人失敗！沒錯！我想嚇我朋友，結果失敗了，只是這樣而已，除此之外什麼都沒有！」

蒲松雅的嘴角抽動一下。這藉口未免也太爛了吧？還有，他們根本不認識啊！這個女人到底在想什麼？

「總之就是……就是這樣！大家再見！」

女子拖著蒲松雅往店外走，她的力氣大得嚇人，以至於蒲松雅沒能在第一時間甩開那隻白嫩的手，連人帶狗被拉到大馬路上。

兩人因為路口的紅燈而止步，蒲松雅趁機縮回自己的手，並後退三步保持安全距離，望著陌生怪力女戒備。

怪力女也同時看向蒲松雅，她先瞧見對方手上的紅印，接著才抬頭看向前方那張火大又迷惑的臉，肩膀一震，再次九十度鞠躬道：「對不起！非常、非常對不起，我應該先解釋的，對不起。」

「解釋什麼？」蒲松雅問，並且輕扯繩子，阻止金騎士撲到女子身上示好。

「解釋……」

女子看看左右，支支吾吾好一會後彎腰靠近蒲松雅問：「我們可以找間餐廳，坐下來好好吃飯、聊聊嗎？」

蒲松雅低頭注視女子，女子堆滿懇切的小臉看上去十分惹人憐愛，幾乎能融化大多數男人的心。

可惜，蒲松雅不屬於大多數男人，他雙手抱胸尖酸刻薄的問：「為什麼我要陪一個差點讓我被誤認成變態，並且在我的手上留下瘀青的女人吃飯？」

「嗚！」

「我對妳是誰、有什麼目的沒有任何興趣，我只要妳停止跟蹤我。」

「我、我……」

「妳不願意停止跟蹤我？」

女子的臉色一下子轉青，凝視蒲松雅的臉片刻，二度扣住蒲松雅的手，趁著綠燈亮起的那一瞬間，朝著馬路另一端跑去。

蒲松雅在女子起步時差點摔倒，他拉扯手腕想掙脫對方的束縛，結果只換來第二、三、四次的跌倒危機，最後只能暫時放棄掙扎，任由女子拉著自己狂奔。

而在他被迫奔跑時，金騎士興奮的跟上主人的步伐，牠似乎以為這是一場突如其來的遊戲，自己的任務是和兩名人類比速度。

蒲松雅忍不住開始思考，他是否該去領養一隻對陌生人具備起碼敵意的狗。

▼※▲▼※▲▼※▲▼※▲

蒲松雅和女子在路上奔跑了三十多分鐘，穿越數個路口與街區後，終於在一間美式寵物餐廳前停了下來。

金騎士一進門就發現用餐區後方的矮柵欄圈裡有不少同伴在嬉戲，馬上搖著尾巴加入那些狗兒們的行列。而一路被拖著跑的蒲松雅則是喘到快斷氣的程度，他扶著西部風格的牆壁猛吸氣，疲倦又火大的聽女子向店員道：「兩個人，請給我們隱密一點的位置。」

他敢打賭，帶位與門口打掃的店員肯定以為他們兩個是情侶……天殺的他根本不認識這個一身怪力，用跑百米的速度跑上三十多分鐘卻沒流一滴汗的女怪物！

女子無視蒲松雅沸騰的怒氣，勾起對方的手臂，半推半拉把人帶到店員安排的位子上，坐下來將菜單遞給蒲松雅道：「不用客氣，想點什麼就點什麼。」

蒲松雅的嘴角抽搐兩下。如果他還有力氣，又或者對面坐的是男人，他一定會抄起桌上的水杯砸到對方的臉上。

女子見蒲松雅沒有反應，皺了皺眉，身子越過半張桌子問：「您不餓嗎？」

蒲松雅張口又閉口，注視女子漂亮的小臉片刻，終於壓抑不了內心的熊熊烈火，舉起手掐住對方的雙頰，用力的往左右拉。

「嗚嚕嚕嚕嚕嚕嚕！」

女子淒慘大叫，在蒲松雅鬆手後捧著臉頰淚眼汪汪的問：「您生氣了？」

蒲松雅的回答是再次舉手逼近女子。

女子趕緊抱著頭後退，整個人縮在椅子上大喊：「對不起！真的、真的很對不起，我不是故意要這麼做，只是無論如何都必須向您道謝才這麼做的。」

「道謝？」

蒲松雅一口喝乾杯子裡的水，將玻璃杯重重敲上桌面，道：「首先，沒有人會用偷窺、令別人被誤會成變態和跑百米的方式道謝；第二，我對妳一點印象也沒有，不可能做出任何讓妳感謝的事。」

「您對我沒有任何印象？」女子看起來極為錯愕，指著自己的臉急切的問：「您應該有看過我啊！您不記得了嗎？」

「我沒看過妳。」蒲松雅斬釘截鐵的答道，他的確對眼前這張精緻、充滿靈氣的漂亮臉蛋毫無印象。

……等等，有一張精緻、充滿靈氣的臉？

蒲松雅不自覺的靠近女子，凝視對方的臉片刻後訝異的道：「妳是那個一直盯著朱孝廉看的客人！」

「朱孝廉？」

「我們店裡的工讀生。」

蒲松雅挑眉問：「妳不是對他有意思，才一直盯著櫃檯？」

「當然不是！我完全不認識您店裡的工讀生，我之所以一直偷看櫃檯，是為了確認您還在店內。」

「妳為什麼要確認我在不在店裡？」

「因為我要向您致謝……」

女子的話聲轉弱，她閉上嘴靜靜看著蒲松雅一會，難掩吃驚的問：「您還是沒想起我嗎？您昨天應該有看過我的大頭照啊！」

「誰看過妳的大頭……啊！」

蒲松雅腦中浮現他昨天從錢包裡翻出的身分證，證件上的那張臉現在正活生生的坐在對面。而他稍微平息的怒火也生龍活虎的復燃。

蒲松雅站起來拍上木桌，一下子縮短了兩人的距離，他單手撐在桌面上狠瞪女子——胡媚兒，大罵：「妳這個虐待動物的混帳！」

「什麼？」

「妳居然讓狐狸喝酒！人類的食物都不太能給動物吃了，何況是酒！酒這種東西就算是人類喝多了都會出問題！」

「等等，您是不是有什麼誤會……」

「妳有沒有拿酒灌那隻狐狸？回答我！」蒲松雅高聲質問，近距離瞪著胡媚兒，彷彿要用眼神將對方劈成兩半。

胡媚兒整個人貼在椅背上，看著蒲松雅好一會才怯生生的回答：「有……」

蒲松雅眼中凶光一閃，抓起自己的背包與對方的手，將人拉出座位厲聲道：「妳現在就跟我到警局去，我不會放過虐待動物的人！」

「等等等一下！您誤會了！我、我……」

「妳自己都承認了，還有什麼誤會！別仗著動物不會說話就欺負牠們，我最瞧不起妳這種人了！」

「您誤解了！事情不是您想的那樣子！真的不是！」

胡媚兒焦急的辯解，她看蒲松雅沒有停下來聽自己解釋的打算，情急之下反拉住蒲松雅的手大喊：「因為我就是那隻狐狸啊！」

美式餐廳一下子陷入寂靜，店內的人無論有或沒有關注兩人的爭吵，統統放下手中的刀叉、掌上的托盤，屏住呼吸注視著胡媚兒。

蒲松雅也不例外。聽到那句話，他突然失去辨讀中文語音的能力，瞪著胡媚兒足足五分鐘才沉下聲問：「妳是看了多少言情小說和連續劇，才想出這麼扯的藉口？」

「這不是藉口……」

胡媚兒縮著肩膀看起來又羞又急，淚眼汪汪的仰望蒲松雅輕聲道：「求您回到位子上，讓我有解釋和證明的機會。」

蒲松雅不認為這有什麼解釋的空間，更不覺得胡媚兒能證明什麼，但是整間店的人都在看他們，其中甚至有幾個人疑似掏出手機準備報案。

他暗罵一聲，循原路回到座位坐下，雙手抱胸，心不甘情不願的等著聽胡媚兒的鬼話。

胡媚兒坐到蒲松雅對面，她迎上人類的目光，吞吞口水僵硬且小聲的道：「我就是酒醉倒在您家門口的棕狐狸。」

蒲松雅的嘴角抽動兩下，問：「妳是打算以精神疾病為由逃避刑責嗎？」

「當然不是，我是說真的！我……沒辦法了，請好好看著我。」

「看什麼？」

「看就是了！」

胡媚兒左右張望確定周圍沒有閒雜人等，縮起脖子與背脊、將頭壓到隔間之下，雙手蓋上頭頂，而當她的手挪開時，一對毛茸茸的棕狐耳赫然出現在該處。

蒲松雅瞪著那雙狐耳，他的思緒陷入一片空白，低下頭搓揉眉心疲倦的道：「我居然累到出現幻視……」

「這不是幻視啦！」

胡媚兒直起腰桿，接著又想起自己的舉動會讓別人瞧見耳朵，趕緊降回原本的高度，指著耳朵道：「這是真的耳朵啦，不信的話您摸看看！」

「摸了又如何？只是證明我除了幻視外還有幻觸，或是其實妳是個優秀的魔術師。」蒲松雅說得斬釘截鐵。這一切都是幻覺，嚇不了他的！

「我不是魔術師，您看到的也不是幻視……」胡媚兒壓平耳朵低語，眨著充滿水光的眼睛無力的問：「我要怎麼做，您才願意相信我？」

蒲松雅想說「無論妳怎麼做我都不會相信妳！」，可是胡媚兒壓耳抿嘴的模樣實在太像隻委屈的小狗。

蒲松雅對人類一向是鐵石心腸，但對小貓小狗小動物則是柔情似水。

蒲松雅闔上雙眼，靜默數秒後重新張開，「我有把那隻狐狸抱進我家，如果妳能說出我家獨有的物品，那麼我會考慮相信妳。」

胡媚兒眼睛一亮，收起耳朵摸著下巴認真思考一會，雙手一拍拋出第一項證據：「您家

客廳裡有兩張沙發！」

「很多人的客廳裡都有放沙發。」

「沙發上有三個靠墊！」

「很多人的沙發上都有放靠墊。」

「嗚！那……靠墊上有貓和狗的圖案！」

蒲松雅的手指頭動了一下，但仍維持鎮定回答：「很多靠墊上面都有繡貓或狗。」

「但那是您自己畫好，再請人轉印上去的貓狗圖。」胡媚兒指著蒲松雅強調：「而且圖上的就是你家的貓咪和狗狗，我是說金騎士、花夫人和黑勇者。」

「等等，妳怎麼會知道我家孩子的名字？妳是偷……」

「除此之外，我還知道您的衣櫃裡有一件連身貓咪裝和狗狗裝。您某次酒醉時曾經穿上貓咪裝，在地上翻滾向花夫人……嗚嗚嗚！」

蒲松雅橫過桌子一把按住胡媚兒的嘴巴，以眼神逼迫對方閉嘴。

胡媚兒迫於蒲松雅的殺人目光，放棄掙扎乖乖閉上嘴，這才讓對方鬆手退回位子上。而她等不及人類坐定位就問：「您願意相信我了嗎？」

「我……」

蒲松雅張嘴又閉嘴，如此反覆數次後終於壓抑不住情緒低吼：「妳在想什麼？身為一隻狐狸，居然喝酒喝到渾身酒氣倒在別人家大門口？妳不擔心自己一覺起來變成狐皮大衣，或是被消防隊抓走嗎！」

「對不起，但是我實在不知道要怎麼辦……」胡媚兒垂下頭縮成一團。

「不知道怎麼辦就去灌酒？灌酒只會讓妳更不知道怎麼辦好嗎！」

蒲松雅伸手抹臉，支著頭痛苦又困擾的低語：「真是的，我在說什麼？在責備妳喝到爛醉前，我應該先尖叫『為什麼狐狸會變成人』吧！」

「狐狸變成人這麼不可思議嗎？」

「何止不可思議，簡直匪夷所思好嗎！」

胡媚兒歪頭困惑的問：「可是……可是在很多人類寫的故事中，都有出現狐狸變成人啊……」

「故事歸故事，現實歸現實！再說，人類這種生物陰險、麻煩又難搞，為什麼會有狐狸想變成人？」

「為了報恩。」

「……妳說什麼？」

「我是為了報恩，才變成人類的。」

胡媚兒挺起胸膛，自豪的介紹自己的身分與職責：「別看我這個樣子，我可是道行三百六十五年的準狐仙。我為了晉升為仙人，必須將我在凡間累積的因果恩怨還清，而變成人類是最快、最方便的方式。」

「但也是累積因果最快的方式吧？」

「嗚！」胡媚兒身上的自信與自豪迅速崩解。

蒲松雅深深嘆一口氣，疲倦的問：「言歸正傳，下凡報恩的狐妖小姐找我有什事？」

「報恩。」胡媚兒第三次說出這兩個字。

蒲松雅的臉凍結兩秒，整個人後退貼上椅背喊道：「我不會娶妳！不管妳變成多漂亮的女人，我都不會娶妳！我絕對絕對不會和妳結婚，更不會和妳生小孩！」

「結婚……啊啊！」胡媚兒舉起雙手猛揮道：「不是的！不是所有報恩的方式都是結婚，只有性命相關的重恩，我們才需要以身相許。」

蒲松雅鬆一口氣，解除緊張。

「我很確定我沒有救妳一命。」

「您沒有，但是您收容我一晚，還替我清洗骯髒的衣物。」胡媚兒站起來，朝蒲松雅送出九十度鞠躬，道：「非常感謝您的幫助，為了回報此恩情，請讓我請您吃晚餐。」

蒲松雅湧起揉胡媚兒頭頂的念頭——他常常對金騎士做出同樣的動作，不過他成功忍下衝動，改拿起菜單翻閱道：「妳一開始講明白不就好了?害我還以為自己被變態或被有迫害妄想症的女人盯上。」

「對不起。」

「好了別道歉了，坐下來看菜單。」

蒲松雅揮揮手做安撫，閱讀著菜單上的文字與圖片喃喃自語道：「不過，原來收留狐妖一晚，對應到的報恩項目是一頓飯啊。」

「不限定是請吃飯啦，也可用送禮的方式……」

胡媚兒留意到蒲松雅的手指瞬間縮緊，肩膀一震，她又進入警戒狀態問：「您怎麼

了？」

「我說妳啊！」

蒲松雅丟下菜單，抖著手與聲音問：「既然送禮物也能報恩，妳難道沒有想過買一包狗食或貓食，放在我家門口嗎？這比在書店偷窺我半日、強拉我跑上半小時，然後引起半間……不對，是整間店的人注意還好吧？不只簡單，更不用自爆身分。」

「這樣當然是比較簡單，可是、可是……」胡媚兒驟然以手敲桌，一反先前的懦弱之態，由羞轉怒的吶喊：「可是我想吃這間餐廳啊！」

「啊？」

「這間餐廳的餐點分量很大，雖然對我來說剛剛好，但是對尋常女孩子而言太多，只有我一個人進來吃的話，一定會引起人類的注意，所以我才想藉這個機會，找一個雄性人類陪我來吃飯啊！」

蒲松雅有種自己快要腦中風的感覺，他舉起手按壓太陽穴，竭力命令自己用正常的音量說話。

「妳就為了自己的口腹之欲，把事情弄得這麼複雜？」

「我的興趣就只有吃啊，而且愛吃的狐狸又不是只有我一隻！」

「妳下凡的目的是作美食巡禮嗎？再說，所謂的報恩是回應對方的需要，不是趁機滿足自己的欲望好嗎！妳這種行為根本不算報恩！」

「……那我請你吃兩次？」

「蠢狐狸，這和次數沒有關係！」

「兩位客人！」

第三者的聲音介入，店員抓著點菜版尷尬不安的站在走道上問：「請問……請問你們打算點餐了嗎？」

蒲松雅收斂自身怒氣，惡狠狠的瞪向對面，以眼神示意胡媚兒想點什麼快點說。

胡媚兒翹起隱形的尾巴，轉向店員，流利、順暢、毫不間斷的吐出一長串菜名。

蒲松雅突然很想奪門而出，或是用力搖晃胡媚兒的肩膀告訴她，如果她想把菜單上超過半數的菜都點過一輪，那麼單單一名雄性人類煙霧彈絕對不夠，她至少要找半打煙霧彈！

第二章

為什麼要幫忙狐仙報恩？

蒲松雅傾向在手提重物時快速前進，好能儘早到達目的地，解除手中的負擔。

然而此刻，蒲松雅卻兩手提著超市大塑膠袋，拎著沉重的食物停在自家大門前。他不是自願受罪，而是被迫停頓，因為有一隻棕色的大狐狸捲著一身女性衣物躺在他家門前，從呼吸速率到蜷曲的姿勢都和上禮拜一模一樣。

蒲松雅直直瞪著棕狐狸，他深吸一口氣告訴自己要冷靜，先將塑膠袋放到階梯上，再彎腰把狐狸從門口拉開。

而狐狸——胡媚兒也一如上禮拜的情況，任由蒲松雅拖拉，沒有一絲甦醒的跡象。

蒲松雅打開自家大門，轉身拿起階梯上的食物搬進陽臺的鞋櫃上，而他的愛犬也同時奔出大門。

蒲松雅想起一個禮拜前的錯誤，趕緊放下塑膠袋轉向門口，果然看見黃金獵犬幹出與上週相同的事——把狐狸叼進陽臺。

狗把狐狸叼進門，兩隻貓在紗門後看熱鬧，主人困窘到無言以對。若不是蒲松雅面前放著兩大袋食物，他肯定會以為自己不小心穿越回一週前。

「汪！」

金騎士以吠聲喚回主人的注意力，牠將狐狸放到蒲松雅腳邊，等待主人給出獎賞。

蒲松雅盯著開開心心的金騎士，沉默許久後認命的將手放到愛犬的頭上道：「……你真是隻優秀的尋回犬。」

他討厭無法狠下心罵小動物。

蒲松雅將胡媚兒抱進屋中，放在客廳的沙發上，再回頭拎起超市塑膠袋進廚房。

他將袋子裡的食物拿出來，蔬菜、肉類與鮮魚占滿流理臺與水槽，這些食材大多是製作蒲家小動物早、晚餐的材料，只有一小部分是給人類吃的。

蒲松雅將食材一一分類處理，魚類一部分收到冷凍庫，一部分洗乾淨後放到大同電鍋中蒸煮；蔬菜收一小份到冰箱，其他則洗乾淨後分批丟進食物攪碎機；豬絞肉與牛絞肉放到一旁備用；地瓜、南瓜與馬鈴薯等澱粉根莖類洗淨後直接放入蒸鍋。

這些準備工作花了蒲松雅至少一個小時，而過程中貓貓、狗狗不時進入廚房徘徊，用叫聲或磨蹭催促主人。

「好啦我知道，我會快點弄好。」

蒲松雅笑著安撫寵物，將蒸熟的魚拿出來放涼，再起油鍋炒菜炒肉。

濃郁的食物香瀰漫整間公寓，讓狗兒、貓兒更加激動，牠們繞著主人喵喵汪汪，伺機跳上流理臺偷吃，讓蒲松雅不得不將寵物趕出廚房，拉上門口的百頁拉門阻止貓狗進入。

「喵姆──」

「汪嗚汪嗚！」

「金騎士乖！花夫人、黑勇者有耐心，現在魚還燙燙的不能弄給你們吃。」

「喵嗚！」

「嗚嗚嗚……」

「乖乖在外面等，弄好就會拿出來給你們吃。」

「嚎嗚──」

尖銳嘹喨的吼聲拍上百頁拉門，蒲松雅還沒意識到出了什麼事，拉門就猛然被撞開，一條棕影竄入廚房急速撲向瓦斯爐。

蒲松雅嚇一大跳，本能的揮出鍋鏟防衛，發燙的鐵鏟拍中棕影，驚險的阻止了突襲。

「好痛痛痛痛痛！」

棕影──胡媚兒捲起尾巴在地板上打滾，哀號了好一會才淚眼汪汪的道：「松雅先生你

下手太重了……」

蒲松雅一看清楚飛進來的東西是什麼，馬上從驚嚇轉為憤怒道：「要不是妳突然衝進廚房，我會抄鏟子揍妳嗎！」

「輕拍我一下就好了嘛！」

「以妳剛剛的狠勁，最好是輕拍一下就能阻止！」

蒲松雅先關火，走到水槽洗鍋鏟，再回頭開火繼續翻炒，嘴裡還不時道：「居然隨隨便便就闖進廚房裡撞人，妳是想變成烤狐狸還是油炸狐狸？」

「兩個都不想當。我只是在夢中聞到好香的味道，一時忍不住就……」胡媚兒耷拉著耳朵與尾巴，凹著肚皮可憐兮兮的道：「我好餓啊……我從昨天就沒吃任何東西了，真的好餓好餓好餓……」

「我說妳啊……」

蒲松雅嘴角抽搐，腦中浮現胡媚兒在美式餐廳內的豐功偉業，如果當時對方只是單純想吃，那麼現在這隻狐狸的食量肯定夠把他買的食物吃光兩輪以上！

他辛辛苦苦賺錢、扛回來煮熟的肉菜魚，可不是要拿來餵醉狐狸的，他絕對不會……

「嚎嗚嚎嗚我快餓死了……」

胡媚兒縮成一團，黑眼直直望著蒲松雅，身上的細毛微微顫動，看上去非常惹人憐愛。

蒲松雅板著臉斜眼瞄胡媚兒，經過一番經濟、庫存與道德的混戰後，他舉起手、指著外頭道：「出去，到餐廳和騎士、夫人牠們一起等開飯。」

胡媚兒眼睛一亮，小跑步離開廚房，端端正正的坐在餐桌椅旁邊等待。

……蒲松雅討厭無法狠下心罵小動物的自己。

蒲松雅帶著自我厭惡將狗食炒熟，再將降溫好的魚拿過來去頭去尾去骨頭、混入煮熟的肝臟等食物做成貓食，最後替自己煮一碗陽春麵，端著家中眾口的晚餐踏出廚房。

小動物們的情緒一下子沸騰，紛紛跑過來繞著蒲松雅打轉，導致他花了三倍的時間才走到桌前，把寵物們的餐碗好好的放到地上。

附帶一提，金騎士、花夫人和黑勇者都是用自己的碗，胡媚兒則是用鐵碗公吃。

蒲松雅在四重舔食聲中坐上椅子，拿起筷子邊吃麵，邊看動物們消滅晚餐。

他早就看習慣自家貓狗的吃相，但倒是第一次看見狐仙進食，而狐仙進食的模樣……

「和狗完全一樣啊。」蒲松雅低語。

「松壓先省尼縮爹麼？」

「不要含著食物說話！菜和肉都噴出來了！」

「嚎嗚！」

胡媚兒把頭塞回碗公中，卻隔不到三秒就抬起來哀怨道：「飯沒有了……」

蒲松雅的嘴角抽動兩下，站起來幫胡媚兒裝第二碗飯。

在那之後，胡媚兒又要了第三、第四、第五乃至第七碗，食量之大讓一旁的貓貓狗狗們統統站在旁邊盯著她看。

蒲松雅只能安慰自己，胡媚兒至少還留了兩天份的狗食給金騎士，他可沒時間連續兩天跑超市。只是他花上兩個多小時製作的寵物愛心便當，居然在短短十五分鐘內就被吞掉三分之二，怎麼想都很叫人不甘心啊！

蒲松雅將不滿發洩在洗碗工作上，站在水槽前用力刷洗寵物碗與大碗公，直到碗筷統統晶晶亮亮不沾半點汙垢，才將餐具放到架子上瀝水。

清洗結束後，他走回餐廳，先摸摸晃到腳邊撒嬌的黑勇者，接著馬上看見胡媚兒躺在地上坦肚舔嘴巴。

這種貪吃、貪杯、沒形象的傢伙居然是狐仙！

蒲松雅突然覺得自己某個童年幻想破碎了。

胡媚兒聽見蒲松雅的腳步聲，翻個身躺在地上滿足的道：「松雅先生真是個好人類，有愛心又會做飯。」

「……我才不是好人類，而且人類中也沒幾個是好的。」

蒲松雅走到客廳，把自己拋上沙發椅蹺起腳道：「堂堂狐仙居然連著兩週醉到現出原形，妳的師父要是知道了，肯定會把妳揪回山裡重修。」

「師父就是因為我太笨了，才把我踢出山裡到人類世界修煉啊！再說，我又不是因為喜歡才喝醉，我是不知道要怎麼辦才去灌酒的啊！」

「我不是跟妳說過了，喝酒只會讓妳更不知道怎麼辦嗎？酒精只會麻痺妳的思考，妨礙妳想出辦法。」

「我不管麻不麻痺都想不出辦法啦！」胡媚兒自暴自棄的猛甩頭大喊：「本來一切都很順利，誰想到會突然冒出那種事，我根本就不知道要怎麼處理啊！都煩惱到喝醉兩次、忘記

吃飯三次了，為什麼向人類報恩那麼難啊！」

「……完全聽不懂妳在說什麼。」

「說了你也不會懂啦！你們這些人類都不知道妖怪有多辛苦，我們要修行、要躲天劫、要小心會亂抓妖怪的道士，還要幫你們娶老婆、考科舉、存錢和救命，與你們人類相比辛苦太多了！」

蒲松雅閉口不言，他只知道酒醉的人類不可理喻，沒想到酒醉的狐仙也一樣。

「世界實在太不公平了！」

胡媚兒仰頭大叫，瞪著蒲松雅憤怒的道：「人類不用修煉就能變成人類，不用對我們動物報恩就可以登仙位，為什麼只有你們有這種福利！爸爸媽媽是無毛猴有什麼了不起！你說啊你說啊你說啊！」

「妳要我說我也……」

「汪！」

金騎士忽然跳到胡媚兒面前，頂頂對方的身體，注視狐仙吐出一串吠聲。

胡媚兒瞪直雙眼，隔了幾秒後也跟著嚎嗚嚎嗚起來。

花夫人與黑勇者隨後加入，兩貓、一狗、一狐狸的叫聲在梁柱間繚繞，纏繞成一團無法忽視的噪音。

蒲松雅忍不住舉手遮住耳朵，站起來正要問胡媚兒與寵物們在做什麼時，喧鬧的屋子忽然安靜下來，四隻動物同時轉頭看向他。

蒲松雅被貓、狗、狐狸瞧得背脊發寒，不自覺的繃起肩膀警戒問：「怎麼了？」

「我……」

胡媚兒張開口又閉口，捲著尾巴猶豫的仰望蒲松雅。

金騎士用尾巴拍胡媚兒一下，輕吠一聲像在鼓勵膽怯的狐狸。

胡媚兒點點頭，站起來走到蒲松雅面前坐下，低下頭誠懇的道：「松雅先生，請你幫助我報恩。」

「……我拒絕。」

「咦咦咦咦咦為什麼！」

「『為什麼』是我要說的話吧！我安置妳、當妳這個大胃王的煙霧彈與廚師還不夠，現在還得幫妳報恩？為什麼我必須這麼做？」

「因為小金、夫人和小黑都說你是好人。」

「小金、夫人和小黑？」

「金騎士、花夫人和黑勇者。」

胡媚兒回答，黃金獵犬與兩隻貓同時汪喵兩聲作為回應。

蒲松雅盯著愛犬與愛貓，猛然意識到剛剛那陣犬貓狐狸合唱曲其實是三方會談，而他顯然是屋內唯一無法參予其中的動物。

對一名狗友與貓奴而言，這個發現非常令人不快。

胡媚兒沒察覺到蒲松雅的心情變化，繼續說下去：「牠們說，松雅先生是聰明又敏銳的人類，雖然看起來凶巴巴的，但其實是個溫柔的好人，無法對受苦的動物視而不見，所以要我把我的問題告訴你，請你幫我報恩。」

蒲松雅無言以對，聽到自家寵物如此讚美自己，說實在的他很開心，可是……可是幫助受傷的流浪動物，與幫脫線狐仙報恩是兩碼子事啊！

他不幫！他絕對、絕對、絕對不幫！

「你會幫我嗎？」胡媚兒雙耳微微向前，雙眼閃著期待的目光。

蒲松雅回瞪胡媚兒，一人一狐、一凶一柔、一怒一喜對視許久，最後……

「……告訴我妳的問題。」蒲松雅轉開頭盯著牆壁道。他好想把自己撞暈，真的好想。

「萬歲歲歲歲！」

胡媚兒從地上跳起來，興奮的連轉三圈才恢復冷靜，坐回蒲松雅面前，開始交代讓她煩惱到屢次買醉的報恩任務。

這是個很長的故事，必須從頭說起才能清楚交代。

胡媚兒這次報恩的對象，是一位名叫劉赤水的年輕男性。

一人一狐的相遇要從兩百多年前的清朝說起，當時劉赤水是準備到省縣赴鄉試的秀才，胡媚兒則是剛修煉出人形的小小狐仙。

胡媚兒因為一時貪杯，現出原形醉倒在路邊，被路過的劉赤水所救，逃過被獵戶扒皮的命運。然而，胡媚兒得救了，劉赤水卻因此誤了考期錯過鄉試，他原本二十六歲就能考上舉人，這一誤竟然延到四十歲才中舉。

胡媚兒欠劉赤水一條命與一個功名，所以她必須救劉赤水一命，再還給對方一個公職資

格——在過去，鄉試等同國家官員資格考試。

救命的任務還算簡單，胡媚兒靠著把劉赤水從馬路上拉回來，躲過不長眼的大卡車，順利完成任務。

她藉此和恩人搭上線，在一個月後成為劉赤水的戀人。

在兩人交往的過程中，胡媚兒得知劉赤水的母親吳鳳霞希望兒子去考公務員，而這便是她最好的報恩機會。於是胡媚兒鼓勵劉赤水參加考試，讓搖擺不定的戀人同意報名；接著她替對方蒐集講義、考古題、探聽各家國考補習班的風評，並於工作閒暇時擔任伴讀。

這不是件容易的事，因為劉赤水聰明歸聰明，性格上卻頗為散漫，假如沒有足夠的誘因，要他坐下來好好唸書根本是天方夜譚。

如果劉赤水連唸都不肯唸，就算胡媚兒把今年的考題弄來混入講義中——她是真的這樣做了——劉赤水同樣會名落孫山。

胡媚兒不能讓這種事發生，所以她費盡心思吸引劉赤水唸書、寫複習卷，經過兩個多月的努力，總算讓一切走上軌道。

然後，讓胡媚兒煩惱到兩次現出原形的事件就降臨了。

劉母迷上一個名叫「寶樹菩薩禪修會」的新興宗教團體，這個團體要求信眾必須捐錢、到會內當義工、參加法會與傳教，平常在家的時候也要唸誦《寶樹念恩經》，好獲得菩薩的保佑。劉母相信這個團體對家人與劉赤水的考試有很大的幫助，所以也將兒子拉入會中，花下大把時間唸經、聽法、幫忙上街頭募款。

這占去劉赤水非常多的讀書時間，但這還不是最糟糕的事，最糟糕的事是……

「吳阿姨從寶樹菩薩禪修會帶回來的經書、加持物，上頭沒有一點靈力，只是單純的水晶、卡片、紅線和金牌！」

胡媚兒趴在狗狗抱枕上，挫折的用尾巴拍地板。

「我只看一眼就看出來，那些東西沒辦法帶來任何庇佑，就只是浪費小赤的時間，妨礙他準備考試而已！」

狐仙翻滾一圈繼續道：「但是我又不能把一切講出來，因為這樣會讓他們知道我不是人類。松雅先生，我該怎麼辦？我要怎麼做才能讓吳阿姨和小赤清醒？」

「……」

「松雅先生？」

「給我點時間消化。」

蒲松雅以手撐額頭，半分鐘後放下手瞪向胡媚兒問：「妳從兩百年前就是個酒鬼？」

「我才不是酒鬼，我只是不小心喝多了！」

「所有的酒鬼都是這麼說！」

「我真的不是……啊啊這不是重點！我想問的問題是，我要怎麼做才能讓吳阿姨把小赤拉離這個奇怪的宗教團體，回圖書館好好唸書？」

「那種事我哪知道！」

「松雅先生！」

胡媚兒將前腳搭到蒲松雅身上，死命頂對方的身體，「幫我想想啦！如果我不能讓小赤考上國考，我就要一直、一直、一直當他的戀人，一世又一世陪他考試啊！」

蒲松雅轉開臉道：「妳也許能藉此戒掉豪飲。」

「我沒有豪飲！為什麼你對我喝酒的事那麼在意？上次拚命唸我，這次也一直提。」

「因為你們這些喝酒的人……！」

蒲松雅說到一半就停了下來，盯著白牆片刻，僵硬的改變話題問：「妳一定得幫助那個迷信又散漫的男人，考上公務人員來危害國家嗎？」

「你怎麼這麼說小赤？小赤雖然有點喜歡玩小聰明，有點不認真工作，有點眼高手低，又有點好色愛幻想，但他其實是個好人啊。」

「從妳的描述中我完全感受不出他哪裡好。」

「小赤他真的……嗚啊啊啊重點又飛走了！」

胡媚兒繼續用頭頂蒲松雅的胸口，道：「總之，我需要不會把我的身分曝光，又可以讓吳阿姨別再迷信、讓小赤乖乖唸書的辦法。」

「妳別、別一直撞我，會癢！非常癢！」

蒲松雅把胡媚兒推開，低頭瞪著可憐兮兮的小狐仙，心中升起欺負小動物的罪惡感。

冷靜下來，這傢伙看起來雖然是狐狸，但其實根本不是狐狸；乍看之下是隻毛茸茸的可愛動物，但其實早就超過三百歲了，而且還是一個酒……

「松雅先生，你會幫我吧？」胡媚兒睜大眼期待的問。

這傢伙從頭到腳、從耳朵到尾巴，看起來都像隻普通的狐狸——除了會說人話以外。

蒲松雅閉上眼，沉默許久才開口：「……先帶我去那個奇怪的禪修會看看，再決定下一步要怎麼做。」

他已經沒有心力去討厭自己了。

▼※▲▼※▲▼※▲▼※▲

在胡媚兒二度酒醉現形後的第三天，蒲松雅來到寶樹菩薩禪修會的總會。

他望著掛有「寶樹禪堂」扁額的大廈，以中國風為設計主軸的大樓相當美麗，金色的飛簷在照明燈打光下閃爍耀眼，門口兩尊水晶菩薩晶瑩剔透，半圓形的露天廣場被花草與水流環繞。

不過，讓蒲松雅最驚訝的不是總會的建築，而是包圍這棟建築物內外的人。

總部的一樓內外都是禪修會的信眾，這些男男女女身穿寫有會名的棕色中山裝，站在玻璃大廳內或一樓廣場上交談，除了笑語話聲外，還不時響起整齊的「聞師喜樂」、「面師消災」的口號。

同樣的穿著、奇妙的口號環繞大樓，彷彿一個無形的結界，將禪修會總部從左右的商業大樓中切割出來。

蒲松雅站在廣場與人行道的交界，非常猶豫要踏入結界中，還是掉頭離開，畢竟身穿便服的他在這群棕色軍團中可是相當顯眼。

「呦，店長！」

活力十足的喊聲拍上蒲松雅的背脊，他轉身往後看，瞧見朱孝廉不知何時站在自己的背後。蒲松雅愣了一下，問：「孝廉？你怎麼會……」

「松雅先生晚安！」

胡媚兒從朱孝廉的背後冒了出來，用手拍拍自己的頭道：「對不起，我遲到了，你有等很久嗎？」

「當然有。」蒲松雅冷著臉回答。他和胡媚兒約好要一起參加禪修會的法會，但是主約人卻遲到了將近一小時！

「店長！」朱孝廉在胡媚兒回話前，代替狐仙高聲呼喊：「你怎麼可以對女孩子講這種話！有擔當的男子漢都會說『哪會，我也剛到』！」

「虛偽的男子漢才會這麼說吧？」

蒲松雅給朱孝廉一計白眼，向胡媚兒招招手道：「妳，跟我過來。」

蒲松雅將胡媚兒帶到一根柱子邊，站在陰影中壓低聲音問：「為什麼孝廉會和妳一起出現？」

胡媚兒歪頭，理所當然的道：「因為我們兩個是一起來的啊。」

「為什麼你們兩個會一起來？你們約好了？」

「沒有、沒有、沒有，我們只是在路上遇到，我因為工作延時錯過公車，正在猶豫要不要招計程車時，孝廉先生騎機車經過，問我需不需要幫忙。」

胡媚兒雙手緊扣，感動的道：「孝廉先生真是個優秀的人類，肯向陌生人伸出援手，人世間還是有溫情的。」

「陌生人？妳不記得他了？」

「記得誰？」

「……當我沒問過。」

蒲松雅替自家工讀生默哀兩秒，切入下個問題：「妳沒告訴孝廉妳的身分吧？」

「我有告訴他我是網拍模特兒，但是其他就沒講了，他不知道我是個修煉中的狐仙。」

「很好，孝廉的嘴巴很大，絕對別讓他知道妳不是人。」

蒲松雅停頓一下，補充道：「不過妳待會最好找機會告訴他，妳已經有男朋友了。」

「為什麼？」

「因為他會想追妳，而玩弄童貞宅男的心是不道德的事。」

「我才沒有玩弄孝廉的心呢！惡意欺騙其他生物有違仙道，我的師父和師兄姐們都不會允許的。」

「無心的玩弄更糟。」蒲松雅冷臉回擊。

「松雅先生怎麼這麼說！」胡媚兒不滿的嘟起嘴道：「然後你是不是變凶了？明明記得上次我到你家時，你沒有這麼尖酸刻薄啊！」

「有嗎？」蒲松雅反問，腦中同時浮現兩人上回見面的場景，當時胡媚兒是一隻狐狸。

他沒辦法對小動物狠下心拒絕，但若是人類，即使對方是個嬌小玲瓏的美少女，他可以相當狠心。

這個發現讓蒲松雅的心情一下子好起來。

「……松雅先生，你在笑什麼？」

蒲松雅收起笑容，僵硬的轉向廣場，瞄一眼四周道：「沒什麼。好了，我們該回去了，要不然孝廉會起疑心。」

兩人回到廣場入口，朱孝廉一看到他們就笨拙的轉開眼，垂頭喪氣的盯著地板。

蒲松雅很清楚他家的工讀生在失落什麼，開門見山道：「我們不是情侶。」

朱孝廉雙眼一亮，臉上重新燃起希望。

胡媚兒點頭道：「松雅先生的確不是我的男友，我的男友是別人。」

朱孝廉「碰」一聲跌回地獄裡，他張開嘴望著胡媚兒，在一瞬間從活人變成石像。

「孝廉先生?孝廉先生你還好嗎？」胡媚兒歪頭問。

「不用管他，我們先進去占位子。」蒲松雅推著胡媚兒往大廳走。

蒲松雅與胡媚兒踏入寶樹菩薩禪修會總部的大廳，朱孝廉在幾分鐘後解除石化，趕緊追上他們。

三個人被禪修會的義工引導到右側的小桌子，在一排慈祥笑臉的注視下，一一填寫個人資料。填完資料後，他們跟著人群朝位於四樓的法會會場移動。

礙於人數眾多，於是所有人都是爬樓梯上會場，這也讓三人有機會聽到不少禪修會主持者——大導師賈道識的豐功偉業。

這些豐功偉業細節各有不同，但是大抵都如此：自從我接觸寶樹菩薩（大導師或禪修會）之後，我冬天不感冒、夏天不中暑，丈夫不偷吃、妻子不出牆、上司不找碴，小孩考試都考一百分……

在經過五分多鐘的禪修會事蹟轟炸後，蒲松雅等人總算踏上會場的地板。

法會會場相當廣闊，整個樓面扣除廁所、茶水間、幾扇屏風和柱子外，幾乎沒有任何障礙物，一眼就能從門口望到最深處的佛壇。

會場中有一半的空間已經被棕色軍團占滿，這些人坐在地上，從義工手中接下坐墊，滿臉期待的注視前方。

蒲松雅三人費了點力氣才找到位子，不過三個人還沒坐下，後方就響起胡媚兒的名字。

「小媚！是小媚嗎！」

一名外貌斯文的青年穿過人群跑到三人面前，直接握住胡媚兒的手道：「真的是妳！妳

怎麼會來聽法？」

胡媚兒嚇一跳，縮了一下肩膀才回話：「小赤？你今天不是沒辦法……」蒲松雅踩上胡媚兒的腳，截斷狐仙的問題搶話道：「她是陪我和孝廉來的，孝廉最近過得很不順利，想請大導師指點他。」

「欸？我、我沒有……」

「不過是什麼問題，他不方便說，請不要問。」蒲松雅在補充的同時，轉而換去重踩朱孝廉的腳。

小赤——劉赤水看看臉部扭曲的胡媚兒和朱孝廉，再看看一臉正經的蒲松雅，困惑的點點頭道：「我不會問。不過你們兩個是小媚的朋友嗎？我好像沒看過你們。」

「我們是……」

「赤水！赤水你在哪？媽媽需要你幫忙扛墊子啊！」身材微胖的中年婦人邊喊邊奔向劉赤水，在看到兒子後先露出笑容，接著馬上臉色大變、指著胡媚兒大喊：「妳這個狐狸精，居然還敢靠近我兒子！」

「狐、狐狸精！」胡媚兒猛揮手澄清道：「吳阿姨，我不是狐狸精，我是……」

「妳就是個狐狸精！平常在外面勾引我兒子不夠，現在還想在這個清聖之地作亂嗎？妳想都別想！大導師會淨化妳這隻妖狐！」

劉赤水的母親——吳鳳霞邊說話邊將兒子拉回來，瞪著胡媚兒，拉著兒子倒退走入人群，過程中還不停拋出激烈的罵語。

這讓左右的人紛紛把視線投向胡媚兒，不過他們的眼神中並沒有責備，而是洋溢濃濃的同情與關懷之色。

一位白髮蒼蒼的老爺爺起身向胡媚兒道：「小妹妹別傷心，妳過去雖然做錯了，但只要有心改過，大導師還是會指引妳。」

「沒錯、沒錯，大導師為人慈悲，不會介意妳的過錯。」老爺爺身旁的奶奶跟進道。

「沒有大導師不能渡化的惡人！」某個歐巴桑高聲吶喊。

「謝謝大家……」

胡媚兒壓低頭坐下，雖然什麼都沒說，但是從緊縮的肩膀來看，便能充分感受到她的困窘與不甘心。

蒲松雅與朱孝廉互看一眼，兩人一左一右坐到胡媚兒身邊，用身體擋住其他閒雜人等的

目光。

胡媚兒在兩人坐定後，以只夠身邊人聽聞的音量道：「我才不是狐狸精……」

「我知道。」蒲松雅用氣音道。

「我也沒有勾引小赤，我只是盡自己的力量讓他喜歡讀書啊！」

「胡小姐真是好女人。」朱孝廉猛點頭。

「寫完一張練習卷，我就脫一件衣服跳舞給他看，這種作戰錯了嗎！」

蒲松雅心中的同情一下子散盡，毫不留情的道：「妳這個狐狸精。」

「咦咦咦！」

胡媚兒的叫聲持續沒多久便被綿長的鐘聲截斷，整個會場也同時安靜下來，場內的人統統看向正前方，活像是一群看見父母親回巢的雛鳥。

禪修會的大導師賈道識在眾人的期待中，從金色的屏風後方走了出來。

賈道識是一位頂上微禿、中等身材的五十歲出頭男性，他穿著繡有金色神木圖樣的長袍，掛著祥和的微笑坐上蒲團，拿起短木棍輕敲黑缽，宣告法會正式開始。

禪修會的法會進行了約兩小時，前一個小時是賈道識的講道，內容大多是一些勸世向善、某人做好事得好報的故事，後一個小時則是經文唸誦。

蒲松雅在後一個小時，光明正大的睡著了。

「嗚啊啊啊——」

蒲松雅遮著嘴打哈欠，僵硬的從座墊上爬起來。他發現朱孝廉的狀態與自己完全一致，也睡了一段不短的時間。

相較於兩人的昏沉，其他信眾反倒是神采奕奕的討論今日所聞，聊上四、五句就雙手合十呼喊「聞師喜樂」、「面師消災」的口號。

蒲松雅閉上眼睛，雙手按壓太陽穴，當他再度張眼時，胡媚兒的臉正停在他鼻子前方十公分處。

胡媚兒嚴肅的問：「你找到讓小赤回家唸書的辦法了嗎？」

「……妳給我退後。」

蒲松雅看著胡媚兒倒退兩步，這才壓低聲音回答對方的問題：「什麼也沒找到，法會上說的內容都太普通，沒辦法拿來證明賈道識是神棍。」

「怎麼這樣……」胡媚兒的肩膀一下子垂下來。

「我需要更多資訊。」

蒲松雅朝正前方的佛壇望一眼，發現賈道識正在與新來的成員談話，他靈光一閃抓住朱孝廉的手，道：「跟我過來。」

「過來？過來做什麼？喂店長——」

蒲松雅無視朱孝廉的呼喊，硬是將人拖過半個會場，拉入排隊的人龍中。

胡媚兒跟在兩人後頭，三人一起排隊，等待二十多分鐘後總算來到賈道識面前。

賈道識坐在一張朱紅色的小桌子後，他抬起頭看向三人，臉上的笑意忽然轉成驚訝，盯著蒲松雅輕聲道：「芳……」

「芳？」蒲松雅問。

賈道識一下子回神，恢復笑容道：「抱歉，你長得很像我的某位朋友，不過看樣子是我誤認了。歡迎三位前來親近寶樹菩薩，有什麼我能替你們解惑的地方嗎？」

蒲松雅點頭，推了朱孝廉的背一下道：「我朋友最近遇上讓他非常煩惱的事，希望菩薩能給他解決問題的方向。」

朱孝廉指自己的臉問：「欸，店長你說我？」

「當然是你，我已經受夠你每天上班都在胡思亂想，搞得客人天天找我抱怨了。」蒲松雅壓著朱孝廉的雙肩，強迫對方坐下道：「有問題就問，如果你還想假裝自己正常，我只能忍痛解雇你了。」

朱孝廉肩膀一震，馬上挺直腰桿對賈道識道：「大師，我有問題，我有很大的問題！大師救我啊！」

「我們既然相遇就是有緣，菩薩會幫助有緣人。」

賈道識忽然閉上雙眼，低聲沉吟幾聲後再度睜開眼睛微笑道：「太好了，菩薩剛剛已經同意幫助你。」

「真的？」

「當然是真的，寶樹菩薩慈悲為懷，不會拒絕信眾的求救。」

賈道識舉起手在半空中比劃幾下，點點頭，放下手道：「菩薩已經把你的過去身、未來身與現在身的訊息告知我，不過礙於今天時間有限，我們先處理現在身。」

「現在身？」

「就是現在的你。嗯，我看看……我看見一個陽光熱情的青年，這個青年雖然有些缺陷，不過他大致能彌補這些過失；他乍看之下豪爽、不拘小節，但偶爾也有纖細敏感的一面；雖然勇往直前，可有時也忍不住懷疑自己是否太過衝動……到這裡，我可有說錯？」

「沒有。」朱孝廉瞪大雙眼，前傾身子靠近賈道識問：「全都說對了！你也太厲害了，你是算命師嗎？」

「我不是算命師，我只是順從菩薩教誨的修道人……這位先生，你碰上的該不會是家庭問題吧？」

「我沒有家庭問題，我和父母親戚的感情都很好，唯一的遺憾是沒有女友。」

「這就對了，你若是一直找不到好姻緣，長久下來便會影響到家庭和樂，自己也無法組成家庭。」

「我、我會一直找不到好姻緣？」朱孝廉緊張了。

「就你現在的靈格而言，的確是如此。」

「不——大師我想交女友啊！我一點也不想變成童貞魔法師！」

「別急、別怕，人生所有的劫難困境，都是由我們累世因果所造，只要能清除過去的業障，前途自然會出現光明。不過，每個人適合的修法與法寶不同，所以接下來我必須找出最符合你靈格的……」

▼※▲▼※▲▼※▲▼※▲

晚上十點不是M記速食店的熱門時段，一樓櫃檯只有兩名服務員，二樓座位區也僅有少少幾名來吃消夜或打發時間的客人。

蒲松雅、朱孝廉與胡媚兒在這些客人之列，不過三人不僅沒有坐在一起，座位距離還隔得相當遠。

為什麼？因為胡媚兒遇到了意外的人物。

「小媚！」

「小赤！」

胡媚兒與她名義上的男友、實際上的報恩對象——劉赤水雙手相握，在速食店二樓中央快樂的轉圈圈，兩人甜蜜的模樣深深刺激店內其他空虛寂寞覺得冷的客人，讓原本就冷清的

二樓座位區迅速淨空，只剩下走不掉的蒲松雅、朱孝廉兩人。

劉赤水拉著胡媚兒倒退走，大腿很快就碰到一張圓椅，他坐上椅子，同時把愛人拉到自己的腿上笑道：「今天真是我的幸運日，先是在法會會場偶遇，接著又在這裡碰到！小媚也是來買消夜的嗎？」

「不太算是，我和朋友是想找地方討論，所以才到這裡。」

胡媚兒靠在劉赤水的胸前，戳戳戀人的肩膀，問：「小赤，我不在的時候，你有好好學習嗎？」

劉赤水的笑容僵住，轉開頭盯著牆壁上的M記叔叔人像，「我最近都在幫我媽處理法會的事，抽不出時間唸書。」

「連五分鐘、十分鐘都抽不出來嗎？」

「五分鐘、十分鐘是有，但是難得有偷閒的機會，要我背單字、看法條實在有點……」

劉赤水拍拍頭苦笑道：「我想我今年就當作純體驗，明年再認真考好了。」

胡媚兒倒抽一口氣，跳起來猛搖頭道：「怎麼可以！只要小赤認真唸書，今年一定能通過高普考！」

「小媚對我這麼有信心我真高興，但是高普考的錄取率那麼低，我的事情又多，實在提不起勁啊。」

「距離考試只剩兩個月了，小赤不能提不起勁啊！」胡媚兒彎腰抓住劉赤水的手，萬分認真的問：「有什麼我能幫忙的地方嗎？只要能讓小赤有心唸書，我什麼都願意做！」

「這個嘛……」

劉赤水瞄向胡媚兒，視線掃過狐仙豐滿的雙峰、玲瓏的細腰與修長的美腿，吞了吞口水，答道：「如果……如果小媚願意打扮成護士，把講義夾在病歷夾中唸給我聽，我也許就有動力讀書了吧。」

「沒問題！我一回家就去找賣護士服和病歷夾的地方。」

「『甜心女孩』有在賣！而且搭配吊帶襪、餵食器還有折扣，月底前消費滿一千就送糖果內褲……」

劉赤水無視自己還在公共場合，一反先前缺乏幹勁與精神的模樣，興致勃勃的吐出一長串情趣用品的品名。

胡媚兒則掏出便條紙與筆，認認真真的把戀人的要求記下。

朱孝廉遠遠看著兩人，咬牙搥桌子悲憤的道：「可惡！為什麼那種色鬼能碰上小媚這種好女孩，我卻只能和電腦與右手做朋友！」

「你這個色鬼沒資格批評別人吧？」蒲松雅低聲反問。

他對遠處角色扮演話題不羨慕也不厭惡，但是如果繼續放任那對笨蛋情侶玩鬧下去，他們就沒時間討論正事了。

蒲松雅放下手裡的飲料，起身繞到胡媚兒的正前方、劉赤水的視覺死角，板著臉先指指劉赤水，再以食指、中指比出「讓他滾」的手勢。

胡媚兒愣住幾秒，放下便條紙、雙手合十道：「對不起小赤，松雅先生等得不耐煩了，我們下次再聊吧！」

「松雅先生是……」

劉赤水話說到一半，口袋裡的手機就響了，他掏出手機看螢幕，臉上的笑容馬上消失，從椅子上彈起來道：「糟、糟糕！我忘記我媽還在禪修會等我。小媚我要走了，記得買護士裝、吊帶襪、糖果內褲、針筒、貓耳和貓尾！」

「我會的。小赤再見囉！」

胡媚兒揮著手目送劉赤水下樓，一回頭就發現蒲松雅臉色難看的瞪著自己。

「松雅先生？」

「妳就不能想點像樣的藉口嗎？虧妳還是狐狸精。」

「我是狐仙！不是狐狸精！」

「有差嗎？」

蒲松雅在胡媚兒抗議前，推著對方的肩膀返回窗邊。他坐回原位，單手支著頭注視胡媚兒與朱孝廉問：「你們覺得賈道識如何？」

「當然是——太、太神了啊啊啊啊噗嚕！」

朱孝廉仰頭大叫，叫聲還沒散盡，就被蒲松雅一拳貓回桌面上。

蒲松雅放下拳頭道：「白痴，我是問你的意見，不是要聽你大吼大叫。」

「好疼啊……」朱孝廉手壓著後腦勺瞄向蒲松雅道：「店長，整個樓層就只有我們三個，你讓我喊一喊是會怎麼樣！大導師真的很神啊！」

「我需要有建設性的意見。胡媚兒，妳覺得……」

蒲松雅沒有把話說完，因為胡媚兒的神情與幾分鐘前截然不同，她像是被人潑了一盆冰

水般，可憐、失落又無力。

「賈道識……」胡媚兒壓低頭顱，難掩失落的道：「他明明沒有任何靈力或根基，拿的也不是正統、有力量的法器，卻一次又一次說中不認識的人的個性、問題，還有想要的加持物。是我的判斷錯誤嗎？我唯一有自信的就只有道法啊……」

朱孝廉撞撞蒲松雅，以氣音偷偷問：「靈力？道法？」

「胡媚兒天生有陰陽眼之類的能力。」

蒲松雅含糊解釋，隔著朱孝廉望向胡媚兒問：「妳確定賈道識本人沒有任何力量嗎？」

「沒有。明明沒有，卻能看出其他人在想什麼，做出各種預言和建議，這個人類到底是怎麼回事？明明沒力量卻很有力量……啊啊搞不懂啦！」胡媚兒雙手抱頭，一下又一下的撞著玻璃窗。

朱孝廉趕緊拉住胡媚兒道：「小媚妳別自殘啊！妳只是一時判斷錯誤，誤以為大導師沒有靈力，這沒什麼好氣的。」

「我都已經修了三百年了還看錯……」

「三百年？」

「那只是個譬喻。」

蒲松雅打斷朱孝廉，轉向胡媚兒沉聲道：「妳不用混亂，那傢伙的確是個騙子。」

胡媚兒和朱孝廉呆滯幾秒，同時大聲叫道：「欸欸欸！」

「他用的是冷讀術，是一種透過觀察、心理暗示和話術操縱對方的技巧，很多魔術師在表演時都會使用。」

蒲松雅停下來喝一口可樂潤喉，「當然，騙子們也是。」

朱孝廉皺眉懷疑的道：「光靠觀察、心理暗示和話術能做到那樣？這怎麼可能！」

「當然有可能，只要知道訣竅、認真做練習就能辦到。」

蒲松雅放下可樂杯，靠在椅背上繼續解釋道：「他一開始對你做的性格分析，應該是利用『巴納姆效應』。巴納姆效應是心理學家巴納姆．佛瑞所做的實驗，他請一批學生來做人格測驗，數日後將結果發給受試者，受試者普遍認為測驗結果相當公正，但事實上，受試者所拿到的結果分析都是相同的。」

朱孝廉驚訝道：「拿同樣的結果去套不同的人，然後這些人還覺得很準？店長，這也太扯了吧！」

「乍看之下是如此，可是細想後不難理解。巴納姆是運用人的兩面性——沒有人完全光明不陰暗、完全自信不自我懷疑，再加上一些『偶爾』、『有時』之類的模糊描述，讓受試者按自己的認知解讀，誤以為書寫結果的人非常了解自己。」

蒲松雅偏頭望著朱孝廉道：「他對你做的性格分析就是如此，只要先大致抓出『表面的你』，再加上一些與表面的你相反的人格特質，然後讓優點的比率高於缺點，你就會以為自己碰上神算。」

胡媚兒插進來問：「那孝廉想問的問題呢？賈道識準確說中他想問的問題，這其中沒有神通嗎？」

「他哪有『精準』說中孝廉的問題？」

蒲松雅送給胡媚兒一個白眼，單手支著頭道：「他只是丟出一個大方向，再按照孝廉的反應修正。人會碰到的問題大體不出金錢、工作、健康和情感四種，看孝廉的穿著打扮，就知道他沒有金錢問題；作為學生，大概也沒有工作問題；年輕人通常沒有健康問題，所以健康也劃掉，最後只剩下感情。而他大概是覺得講感情太直接了，所以拐個彎說家庭，再把家庭的定義擴大解釋。」

朱孝廉聽得目瞪口呆，盯著蒲松雅吐不出半句話。

蒲松雅繼續說下去：「以上兩個是話術，他的最後一個把戲——找出最符合你靈格的物品，則是利用人心理盲點的操控術。他要你憑空想像兩個水晶球，然後以直覺挑選左邊或右邊的球，但事實上做出選擇的是他，不是你。」

「什麼？」胡媚兒與朱孝廉同聲問。

「我實際做一次，你們就會明白。」

蒲松雅站起來後退兩步，舉起左手道：「看著我的手，想像我的掌心上飄著一個箱子，這個箱子的編號是A。」

他再舉起另一隻手道：「我的右手上也有一個一模一樣的箱子，不過它的編號是B。我要你們仔細在腦中描繪箱子的樣子，你們描繪好了嗎？」

胡媚兒和朱孝廉同時點頭。

「好，那麼接下來，憑直覺選出一個箱子，決定後就不要改變。你們決定好了嗎？」

「決定好了！」兩人整齊回答。

「好，那麼我猜……」

蒲松雅指著胡媚兒和朱孝廉道：「你們兩個都選B箱子。」

被點名的兩人盯著蒲松雅的手指半秒，然後爆出明顯代表「什麼你怎麼知道」的大叫。

蒲松雅掩耳等兩人冷靜下來後，這才放下雙手平靜的道：「我會知道，是因為箱子是我挑的——當你們做選擇時，我故意把右手抬高，對你們的潛意識下暗示。」

「只是抬手就能有這種效果？」胡媚兒問，她驚訝到差點把狐狸尾巴彈出來。

「雖然不保證每次、每個人都會有同樣的效果，但大致上是如此。賈道識在要孝廉挑水晶時，也有一隻手稍微抬高，最後再假借菩薩之口說出孝廉選的水晶。」蒲松雅坐回位子上，繼續說明：「類似的技巧還有故意用手遮住不想被選中的物品、將想被選中的東西稍稍推向對方，這些都能誘導他人選擇你想要的選項。」

蒲松雅停頓幾秒說出結論：「賈道識不是通靈者，他是貨真價實的神棍。」

胡媚兒臉上的驚愕慢慢碎去，取而代之的是無法掩飾的欣喜，她站起來高舉雙手興奮的吶喊：「我沒有看錯，道識先生真的沒有靈力，他真的是個神棍！」

「他X的居然是個神棍啊啊啊——」朱孝廉仰頭嘶吼，抓起自己的背包，將裡頭的神符、靈牌、水晶翻出來丟到桌上悲憤的大吼：「我的打工錢、A片A漫A遊戲預算統統都砸上去了啊！」

「為了你的課業著想，這種預算還是花掉的好。」

「店長！那是我的精神糧食啊！沒有它們的支持，你要我怎麼撐過暑修！」

「你把期末考顧好，別搞到要暑修不就得了。」

「我怎麼可能不暑修！」

「……你沒救了。」

蒲松雅搖搖頭，不再理會朱孝廉，任憑對方如死屍一般的趴在桌上。

他伸手把食物托盤拉到自己面前，視線不經意的掃過胡媚兒的臉，發現對方張著水汪汪的大眼凝視自己。

蒲松雅停下動作警戒的問：「妳看什麼？」

胡媚兒雙手交握，前傾身子崇拜的道：「松雅先生真是太厲害了，會做菜、照顧貓狗，還知道很多事，冷讀術這個名字我聽都沒有聽過，你卻能說這麼多。」

蒲松雅被狐仙眼中的善意刺了一下，下意識別開臉道：「我只是在過來前，花了點時間蒐集神棍常用的手法，再把店裡的相關書籍翻一翻罷了。」

「你太謙虛了！你『咻』一下就把我煩惱一個月的問題解決了，接下來只要把你剛剛說過的話，原原本本的告訴吳阿姨……」

「吳鳳霞不會相信。」

「咦？為什麼？」

「因為人類的信賴並不完全基於事實，有很大一部分是看交情和主觀期望。」

蒲松雅拿起一根薯條塞入嘴中，咀嚼幾回吞下，道：「妳和孝廉之所以相信我，一方面是因為我的理論合乎邏輯，另一方面是你們對我的信賴與交情高於佛壇前的地中海禿騙子。但是吳鳳霞並非如此，比起我，她絕對更相信賈道識。」

環繞胡媚兒身軀的希望一下子散盡，她垮下臉、垂下肩膀問：「那我們該怎麼辦？要怎麼做才能說服吳阿姨？」

「我們需要更強而有力，不是純理論的證據。」蒲松雅摸著下巴思考道：「最好是能直接證明賈道識的所作所為，和他向信徒宣稱的是完全不一樣的具體證據。」

「譬如？」胡媚兒問。

「類似要信徒節儉捐獻，但是自己卻住豪宅、開名車；叫別人清心寡欲，結果私底下吃喝嫖賭樣樣來。」

「你認為他會住豪宅、開名車，吃喝嫖賭樣樣來？」

「靠心術不正的辦法弄來的錢，只會花在心術不正的地方。妳去找個可靠的徵信社跟拍這傢伙，看能不能弄到他亂搞的證據，把照片拿給吳鳳霞看，她應該就會清……」

「我的女神、我的巨乳、我的美腿、我的美腰、我的『好痛好痛不要再來』，我存上半年的精神食糧費啊啊啊——」朱孝廉從屍體狀態復活，打斷蒲松雅的發言，掐著水晶與神符失控大叫。

蒲松雅嚇了一跳，停頓幾秒後氣急敗壞的道：「孝廉閉嘴！別在外頭扯嗓子大叫，很丟臉的！然後女神就算了，你什麼時候有巨乳、美腿和美腰了？」

「我的女神啊啊啊啊——」

遭神棍洗劫的好色大學生繼續嘶吼，直到被凶惡的店長一掌推去撞桌子。

第二章

人類與狐仙的跟監計畫

在寶樹菩薩詐騙會之行後，蒲松雅重返平凡規律的生活，早上上班溜狗，晚上回家被貓玩，假日買菜買肉、煮毛孩子的大餐，偶爾出門看一、兩場電影。

環繞蒲松雅左右的事物是如此悠哉普通，讓他漸漸淡忘胡媚兒帶來的衝擊，會說話的大食狐狸彷彿只是個褪色的怪夢。

他想，他和狐仙的緣分應該盡了。

而事實當然不是如此，蒲松雅和狐仙的緣分還深得很呢！

這天，蒲松雅在書店的櫃檯內鍵入新書資料，鑑於此刻不是書店的忙碌時段，且整間店裡只有他和金騎士，他自然沒留意四方的動靜。

一抹黑影悄悄的爬上櫃檯，停在蒲松雅右手邊片刻，見對方遲遲沒反應，輕笑兩聲捉弄般的說道：「堂堂店長居然只顧自己的事不理客人，如果被老闆發現，肯定會被扣薪水。」

蒲松雅轉頭看向發言者，先愣住半秒，再惱火的瞪著對方道：「我哪是『只顧自己的事』，我在忙的可是你的店、你的事！」

「哎呀哎呀～小松雅你還是一樣，缺乏幽默過度嚴肅。」

秋墳書店的實際擁有者——荷二郎正倚靠在櫃檯邊，遠勝女子的秀顏上掛著調侃味十足

的淺笑。

荷二郎是秋墳書店的老闆，他是一名令人印象深刻的美男子，身材高瘦、肌肉結實，五官精緻秀美，烏溜溜的鳳眼中總是含著一絲笑意。

不過荷二郎最叫人驚奇的地方，是他酷愛各種白底粉荷花紋的衣裝，凡舉西裝、唐裝、長袍、長褲……統統都以潔淨的白與嬌嫩的荷花裝飾，而且還能將不適合男性的白粉紅配色，穿得優雅又迷人。

荷二郎今天穿的是剪裁俐落的合身袍子，他大剌剌的坐上櫃檯，望向電腦螢幕道：「你在輸書籍目錄啊，這不是小孝廉的活兒嗎？」

「孝廉他在忙期末考，這三天都請假。」蒲松雅在說話同時抓起下一本書，無視老闆的存在繼續工作。

「喔，他請假的原因不是受到精神創傷，要回家療養嗎？」

「那是他上禮拜請假的原因……」

蒲松雅的話聲轉弱，對著電腦挑眉問：「你怎麼會知道他精神受創？」

「因為我是關心員工的好老闆啊！」

荷二郎將手臂撐在桌面上，後仰靠近蒲松雅笑道：「你把小孝廉整得好慘啊，讓他失戀、失財又失望，向我哭訴了整整半小時的『店長明明知道那禿驢是騙子，居然放任我被他騙！』……」

「失戀是他自己想太多，而且孝廉也不是第一次瞬間失戀，他一年三百六十五天有一百三十天都在失戀；至於失財和失望，以法會現場的氣氛，我根本不可能當眾揭穿賈道識，他就當作花錢學教訓吧。」

「你還是一如往常，對人類非常冷血不留情啊。」

「不喜歡的話就開除我。」

「我怎麼會不喜歡，我最喜歡小松雅對人類很冷漠，對動物卻十分溺愛的奇妙性格了，你真是太可愛了。」

蒲松雅對螢幕露出噁心的表情。他繼續做書籍建檔，期間荷二郎一直坐在櫃檯上，目光不時掠過蒲松雅的側面。

蒲松雅一開始打算裝死，等對方無聊後自己走開，然而荷二郎不知從他臉上找到什麼樂子，看了足足十分鐘都沒離開。

終於，蒲松雅自己耐不住性子，轉動電腦椅正對荷二郎道：「你想問什麼就直接問，別一直盯著我看，這會讓我分心。」

「既然你願意讓我問，那我就不客氣了。」

荷二郎交疊雙腳興致勃勃的問：「你在參加寶樹菩薩禪修會的法會時，有碰上什麼有趣或奇怪的事嗎？」

「……你就為了問這種無聊的問題，坐在那裡盯著我看十分鐘？」

「不可以嗎？」荷二郎反問，望著蒲松雅扭曲的臉微笑道：「如果你不回答，我不介意再花十分鐘挖出答案。」

蒲松雅湧起拿書砸荷二郎的衝動，但對方可是自己的老闆，而且臉皮厚度直逼核反應爐圍阻體，就算搬最重的書丟他，也不可能造成任何傷害。

蒲松雅只能選擇回答：「法會無聊又八股，沒有任何有趣或奇怪的東西。」

「真的沒有？」

「當然沒有，那裡又不是遊樂園，能有什麼有趣奇怪……」

蒲松雅腦中忽然閃過賈道識看著自己發呆的畫面，當時對方先是嚇一跳，然後吐出一個他不陌生的字。

——芳……

——抱歉，你長得很像我的某位朋友。

蒲松雅自認不是大眾臉，相反的，他還算長得有特色的人，可是這世上的確有某個人和他非常相像。

但是那個人已經離開了，因為他所犯下的錯誤，永永遠遠的離開了。

「……沒有有趣或奇怪的事。」

蒲松雅告訴荷二郎也告訴自己，把椅子轉回電腦前，重重敲打鍵盤，又問：「你沒別的問題了吧？沒有的話就離開，別妨礙我工作。」

「如果小松雅希望的話，我隨時都能生問題問你喔。」

「喂！」

蒲松雅低吼，大門的門鈴同時響起，他嚇了一跳，趕緊伸手推荷二郎道：「下去！有客人進來了！」

「小松雅你太緊張……」

「松雅先生！松雅先生在嗎？」

胡媚兒的叫聲響徹店面，她先在門口處被金騎士攔截，花了點時間和大狗打招呼，接著才轉向櫃檯。

她看見蒲松雅，也同時看見荷二郎，因為前者而露出的笑靨頓時僵住。

荷二郎對上胡媚兒的視線，離開桌子站起來道：「歡迎光臨我的書店，可愛的小姑娘。」

「我、呃沒有，只是……這個……」

「嗯，有什麼是我能為您效勞的嗎？」

「沒有，我只是、是……」

「別急，慢慢說。」

蒲松雅看不下去，拿起書戳戳荷二郎的腰道：「老闆，別隨便對客人放電！你開的是租書店，不是牛郎店。」

「你怎麼知道我沒有開牛郎店？」

「我不知道，但我知道這裡是書店。沒別的事就別耗在店裡，想休息的話去休息室。」

「我的事都處理完了。」

荷二郎走向門口，在拉開大門時側身往櫃檯看道：「小松雅，好好照顧自己，我有空就會過來看你。」

「拜託你有事再過來。」

蒲松雅揮揮手不耐煩的回話。他放下手低頭敲鍵盤，等了一陣子不見胡媚兒過來，這才抬頭朝門口問：「妳打算在那裡站多久？」

「我、我……」胡媚兒吞吞口水指著門外問：「剛剛那位是？」

「荷二郎，我的老闆。別迷上他，否則妳不會有好下場的。」

「我沒有迷上他，我是……他是……」

「是什麼？」

「……沒什麼。」

胡媚兒答得相當不自然，她快步來到櫃檯邊，雙手合十誠懇的問：「松雅先生，我能耽誤你一些時間嗎？」

「不能。」

「欸欸欸欸！」

「妳欸什麼！我還在上班，手邊也有工作要做，哪可能和妳喝茶聊天？」

「你不用跟我喝茶，只要和我聊天就好了。」

「……」

「對不起我開玩笑的。」胡媚兒壓低頭九十度鞠躬道：「拜託了，你只要聽我說，然後給我一點意見就好了，不會花掉你太多時間。」

蒲松雅本想拒絕胡媚兒，他好不容易忘記兩週前都市傳說般的奇遇，一點也不想再和麻煩事扯上邊，然而他才剛想開口，就瞧見金騎士把頭伸到櫃檯上。

金騎士睜著圓滾滾的眼睛像在這麼說——好啦主人，不要再鬧彆扭了，給小媚五分鐘，聽她說話嘛。

蒲松雅的嘴角抽動一下，垂下頭死瞪鍵盤道：「去拉張椅子過來坐著講，但我不保證會給妳建議。」

胡媚兒臉上浮現希望，迅速搬一張椅子到櫃檯前坐下，告訴蒲松雅這兩週所發生的事。

胡媚兒在結束禪修會法會的隔天，就前去尋找徵信社調查賈道識。

剛開始時一切都很順利，她很快就找到願意接受委託的徵信社，對方開出的價格也算合理，委託後三日就把賈道識的住處、電話號碼、學歷和家族成員簡歷交給胡媚兒。

但這也是該徵信社唯一交出的報告。

徵信社在五天後主動致電胡媚兒，交還訂金要求解約，並且拒絕說明理由。

胡媚兒滿腦子困惑的同意解約，再去拜訪第二家徵信社，然而第二家徵信社也在接受委託後不到一週就主動退錢解約。

「我一共找了四家，前兩家主動解約，後兩家一聽到我想調查什麼人，就直接把我請出去。」胡媚兒趴在櫃檯上，伸直雙手苦惱的道：「為什麼不接受委託？是我準備的錢不夠多，還是踏進徵信社時踏錯腳？」

「哪有可能是踏錯腳？」

蒲松雅拿書拍胡媚兒的頭，雙手抱胸思考片刻問：「妳還記得徵信社要求解約時，內部員工的狀況與氣氛嗎？」

「狀況與氣氛……」胡媚兒挖掘腦中的記憶，一面回想、一面回答：「第一間是用電話

和我聯絡，訂金也是用匯款退，我踏進徵信社中，什麼都沒看見；而第二間……第二間徵信社的人感覺很緊張，他們的老闆住院去了，所以接待我的是秘書。」

蒲松雅腦中馬上浮現一群恐慌的員工，和一位上了石膏的倒楣老闆的畫面。他搖了搖頭，嘆道：「徵信社不接受委託和妳的錢、先動哪隻腳都沒有關係，純粹是賈道識背後的勢力太可怕。」

「賈道識背後有勢力？」

「像他這類賺黑心錢的組織，一定會引來不良分子的覬覦，後臺不夠硬的話，是不可能做下去的。」

蒲松雅轉動電腦椅，重新面向螢幕道：「妳先前拜託的兩家徵信社，應該是被人恐嚇過，而且恐嚇者八成有四處放話，所以其他徵信社才不願意接受妳的委託。」

胡媚兒的臉色刷白，拉長脖子焦急的問：「那、那還有徵信社願意接受我的委託嗎？」

「如果是消息不夠靈通，或是後臺比賈道識硬的，也許願意吧，但是我不認為妳能找到這種徵信社。」

「那我該怎麼辦？如果請不到徵信社幫忙，我就拿不到賈道識騙人的證據；拿不到賈道識騙人的證據，小赤就會一直被抓去參加法會啊！」

「冷靜點，事情沒妳想像中的絕望。」

「這樣還不夠絕望嗎！」

「這只是棘手，根本沒到絕望的地步。」

蒲松雅輕敲鍵盤，邊鍵入資料邊解釋道：「對方阻止徵信社調查，表示他們八成有什麼見不得光的事，只要查下去一定能挖出東西。」

胡媚兒皺著眉鼓起雙頰，自暴自棄的道：「如果沒人願意查，他們有沒有東西我都不會知道啦！」

「那就去查啊——妳自己去查。」

「我？」胡媚兒愣住，用力搖頭，「我不行啦！我沒受過相關訓練，沒辦法自己查。」

「妳是沒受過專業的徵信訓練，不過妳受過其他訓練吧？像是幻術、隱身術、讀心術或穿牆術之類的，別告訴我妳修煉上百年，只會變成人的法術。」

「我當然不只會變成人類，我還能變成鴿子、狗、狼和老鼠，變身可是很高深的法術，不是想學就……」

「那不是重點。」蒲松雅揮揮手拉回正題問：「我說的那些法術，妳會嗎？」

「除了讀心術外都會，但是我不能隨意使用，只有在處於危急狀態，或是取得『下面』的許可後，我才能使用。」

「『下面』？」

「冥府，我們這些在人間的妖怪在登仙位之前，都是歸冥府的閻羅王管，不過閻王要處理的事情很多，所以實際上管理我們的是各地的城隍爺。」

胡媚兒伸出手指一隻一隻數著道：「當我們要改變居住地、告知某人我們的身分、洩漏未來之事或使用人類不該有的技能時，都要請求城隍爺的許可。」

「去取得許可。」蒲松雅指著胡媚兒道：「如果妳能使用法術，就可以輕易靠近賈道識，拿相機、攝影機、錄音筆或任何記錄裝置，把他幹的骯髒事統統記下來。」

「我馬上去取得許可！」

胡媚兒將手伸入手提包中，拿出一個酒紅色手機。

……手機？

蒲松雅愣了一會，他本以為胡媚兒會拿出符咒、香或八卦鏡之類的物品，但狐仙只是拿出最新上市的手機，像人類一樣解鎖撥號。

……這年頭，連冥府的人都用智慧型手機嗎？

蒲松雅想起他的純按鍵手機，突然覺得自己是古人。

胡媚兒將手機貼上耳朵，只等兩、三秒就揚起笑容道：「喂，午安，我是媚兒……嗯？是小正嗎？小正，我想找燾公大人，可以請他出來一下嗎……燾公大人！您好，我是胡媚兒，我想要……呃不，我沒有仙人跳任何人類。」

蒲松雅因這句話被茶水嗆到，放下杯子盯著胡媚兒，不敢相信自己聽到的話。

胡媚兒沒發現蒲松雅的驚嚇，繼續和話筒中的人對話：「我也沒有被扯入三角情殺中。燾公大人，我是想要取得法術使用許可，我希望您能同意我使用幻術、隱身術和穿牆術……目的？這說起來有點複雜呢，我從頭……您要去看球賽轉播，要我在一分鐘內講完？這怎麼可能！我想想……」

蒲松雅聽不下去，主動開口道：「告訴他，妳必須靠這些法術掀一名神棍的底，好完成報恩的工作。」

胡媚兒點頭重複蒲松雅的話，抓緊手機期待的問：「您允許我使用法術嗎？」

蒲松雅聽不見回答，不過他可以透過胡媚兒的表情推測答案。

胡媚兒在發問後沒多久就露出笑靨，可幾秒後笑靨卻轉為錯愕，望著蒲松雅欲言又止。

蒲松雅挑眉問：「他有條件允許？」

「是。」

「什麼條件？」

胡媚兒吞吞口水答道：「熹公大人同意我使用法術，而且還願意當我的司機，但條件是你也要一起調查賈道識。」

「我？」蒲松雅的話聲拉高，指著自己的臉問：「這干我什麼事？為什麼我也要去？」

「這個我也……咦啊？熹公大人您說什麼？」

胡媚兒停頓片刻，望向蒲松雅表情難看的道：「熹公大人……也就是負責我的城隍爺……他說因為你知道我的身分，所以他想趁調查的時候了解一下你是哪種人。」

「身分……呃！」

蒲松雅腦中閃過胡媚兒剛才提過的應報告事項——「告知某人我們的身分」，肩膀瞬間垮下來。

他張著嘴注視胡媚兒，過了好一會才高聲道：「妳、妳……妳為什麼要告訴我妳是什麼東西！」

胡媚兒嚇一跳，愣了兩秒後才辯解道：「因為如果我不告訴你我是誰，你就會把我抓到警局啊！你當時很堅持，你還記得吧？」

蒲松雅想起他在美式餐廳內的暴怒，對準胡媚兒的怒火立刻一半轉向自身。他的一時反應過度，將自身拉入莫名其妙的妖怪世界。

蒲松雅扶著額頭面向桌子問：「我能拒絕嗎？」

「如果你拒絕的話，我就不能拿到法術許可，然後……」

胡媚兒停下幾秒聽電話，再轉述對方的話：「熹公大人說，就算做鬼他也會逮到你。」

「……」

「熹公大人只是開玩笑啦！他一向很愛開玩笑。」

「……他是城隍爺，的確有能力在我翹辮子後逮到我。」

蒲松雅拍拍自己的臉，讓情緒平靜下來後問：「如果我同意和你們一起去，城隍會對我做什麼？」

「什麼也不會做，他只想看看你，了解你是怎樣的人。」

胡媚兒停了一會補充道：「橐公大人頂多把你對我的記憶消除，頂多這樣。」

蒲松雅的嘴角抽搐兩下，直瞪胡媚兒的臉道：「感謝妳的安慰，我不介意妳現在就消除我的記憶。」

▼※▲▼※▲▼※▲▼※▲

對賈道識的調查定在四天後的禮拜三，之所以定在禮拜三，一方面是因為蒲松雅禮拜三放假，另一方面則是胡媚兒的占卜結果告訴她，賈道識本週運勢的最低點在週三。

何等不科學的根據！

不過考量蒲松雅所經歷的事——能變成人的狐狸、用智慧型手機的城隍爺，占卜已經算是比較科學的事了。

而蒲松雅這四天都在考慮是否要搬家、遠遊、去整形，或進行任何能讓自己人間蒸發的舉動。不過到頭來，他什麼也沒做，一切掙扎都只有在腦中進行，蒲松雅的人、居住地和外貌都沒有任何改變。

蒲松雅在約定那日的早晨，走到自家樓上按響胡媚兒家的門鈴，站在門口等狐仙出來。

他等了兩、三分鐘，沒等到胡媚兒來開門，不耐煩的再次按鈴。

大門依舊緊閉，蒲松雅從單按一下放開、連按數下再休息兩秒，到最後索性按住不放。

綿延不斷的門鈴聲從屋內響到屋外，就在蒲松雅開始懷疑胡媚兒根本不在家時，大門總算打開了。

「喂！時間妳約的，要處理的也是妳的事，妳竟然還遲……欸？」

蒲松雅愣在門外，他隔著外門的鐵欄杆注視著裡頭的人，不知道自己是走錯樓層還是走錯間。

來開門的是一名男性，這名男性頭上纏著繃帶，身上套著醫院常見的青色病人服，手臂上貼了好幾塊藥膏，脖子上有深褐色的色塊，活像是剛從醫院逃院出來的病患。

蒲松雅覺得這名病患有點眼熟，正瞇起眼思考著自己在哪裡見過對方時，他聽見胡媚兒的聲音。

「小赤，外面是誰啊？」

胡媚兒慢吞吞的走到門前，她穿著一件略帶皺褶的護士服，脖子上掛著聽診器，大腿上綁著蕾絲圈。

護士和病人——蒲松雅想起之前在速食店聽過的角色扮演對話，也同時認出來開門的逃院病患是誰，以及胡媚兒遲到的原因。

然後，他立刻發飆了。

「胡、媚、兒！」

蒲松雅雙手扠腰咬牙切齒的道：「我給妳五分鐘，五分鐘後我沒在一樓看到人，妳就自己回去吃自己吧！」

胡媚兒瞬間驚醒，低頭看自己身上的護士服道：「五、五分鐘？十分鐘也不夠啦，至少要三十分鐘！」

「誰管妳啊！」

蒲松雅扭頭往樓下走，憤憤不平的重踩階梯，抱著怒火甩開一樓大門。

他和胡媚兒今日的目標是跟拍賈道識，為此需要交通工具輔助，然而他們兩個都沒車沒駕照，只能尋求朋友幫忙。

他們請來幫忙的人不是朱孝廉——儘管朱孝廉展現出強烈的意願——而是宋燾公。

沒錯，今日擔任兩人司機的是胡媚兒的直屬上司，本區城隍爺宋燾公宋大人。

蒲松雅對此五味雜陳，可是也提不出更好的方案，只能默默接受胡媚兒的安排。

他站在鐵門內往小巷子張望，想看看巷內有沒有什麼沒見過、疑似宋燾公的車子，而他很快就瞧見一輛陌生車輛。

那是一輛流線型跑車，湛藍烤漆在陽光下閃閃發光，烙上火紋的輪胎鋼圈囂張又優雅。

藍色的跑車是如此吸睛，任何人看到後都會好奇它的主人是誰，蒲松雅也不例外，他好奇的掃視車子左右，分別在車頭與前門找到兩名男人。

站在車頭的是一位健壯的金髮男人，他穿著以鋼釘裝飾的靴子，套著印有鮮紅骨頭的短衫與褪色的牛仔褲，再配上一張粗獷的臉，從頭到腳都瀰漫著獅子般的狂氣。

而處在前門的男子和金髮男人完全相反，他看起來十分斯文，灰色襯衫與黑長褲的組合整齊內斂，掛著細框眼鏡的面容洋溢著藝術家的氣質。

蒲松雅看看跑車、再看看兩名男人，腦中響起胡媚兒與「燾公大人」的誇張對話，馬上就認定城隍爺是金髮男人。

這讓蒲松雅的心情更差了，他能忍受像胡媚兒、朱孝廉這類糊塗蛋，對荷二郎之類的聰明人也尚可應付，可是對於自尊心過強、拳頭又大顆的人……

上回他和這種人打交道時，要不是旁邊有人緩頰，對方差點氣到掄拳把他揍進醫院。這回他身邊沒有能緩頰的人，且他相信得罪城隍爺肯定比得罪高中學長嚴重。

蒲松雅深吸一口氣，告訴自己要冷靜、小心、謹慎，盡可能保持親切的態度。

「松松松雅先生，抱歉讓你久等了！」

胡媚兒的聲音從樓梯間冒出，她小跑步衝下樓，停在蒲松雅面前喘著氣道：「我我、我我我趕上……趕上了嗎？」

蒲松雅看手錶一眼道：「妳花了八分鐘，沒有趕上。」

「欸欸欸欸！」

「欸什麼！」

蒲松雅拍胡媚兒的頭，偏過身子指向跑車低聲道：「那是妳老闆的車嗎？」

「車……是的！那是小正的車，小正、熹公大人！」

胡媚兒歡欣鼓舞的跑向跑車，來到眼鏡男子面前。

眼鏡男子？蒲松雅眨眨眼看胡媚兒與眼鏡男子面對面而立，前者露出大大的笑容，後者則是放下手機望著狐仙。

至於被他誤認為城隍的金髮男人，已在狐仙出聲時騎著菜籃車離開了。

……這世界真是越來越奇妙了。

胡媚兒不知道蒲松雅的心情變化，她帶著歉意鞠躬道：「對不起，小正，我失手把鬧鐘按掉了。你等很久了嗎？」

「否。」

「那就好。燾公大人呢？」

「眠。」

「欸欸！他昨晚也加班嗎？」

「是。」

「我們這區最近有不平靜嗎……」

胡媚兒瞄見蒲松雅在看她，這才想起自己忘記替兩人介紹，趕緊側身指著眼鏡男子介紹道：「松雅先生，這位是宋燾正，我都叫他小正，小正是本區城隍爺宋燾公的弟弟。」

「早安。」蒲松雅道。

「早。」宋燾正回答。

胡媚兒拍拍手，「好啦！既然人都到齊了，我們就上路吧！」

蒲松雅看看左右，疑惑道：「到齊？這裡只有三個人——妳、我和城隍爺的弟弟，城隍爺本人還沒到吧？」

胡媚兒搖頭，「燾公大人已經到了喔。」

「在哪？」

「那裡。」胡媚兒指著站在她正前方的宋燾正。

蒲松雅停頓一秒道：「那是城隍爺的弟弟，妳剛剛才向我介紹過。」

「小正就是燾公大人……呃！」胡媚兒雙手合十，吐吐舌頭道：「對不起，松雅先生，我忘記你是普通人類，看不到很多東西！」

蒲松雅沉著臉，雖然他一點也不想「看到很多東西」，可是被人這麼講還是挺不爽的。

「我重新介紹一次，這位是宋燾正，他是本區城隍爺宋燾公的親弟弟，也是燾公大人的專屬乩童。」

「他是乩童？」蒲松雅看向宋燾正，他還以為對方是坐辦公室的白領階級。

「也不完全是啦，不過很接近。小正不需要儀式就能聯絡燾公大人，必要時，大人也會附在小正身上活動。」

「必要時？」

「通常是小正有危險，或是出現難以降伏的惡鬼時。和純靈體相比，人類的陽氣對鬼怪……」胡媚兒的視線掠過手錶，她睜大眼急急忙忙的打開車門道：「居然已經六點了！我們得快點去找賈道識！」

三人坐上跑車，駕駛座屬於車主宋燾正，蒲松雅坐副駕駛座，胡媚兒則是一個人待在後座。蒲松雅原本想坐後座，但是胡媚兒說她必須一個人坐後座，因為施法時需要空間。

胡媚兒解釋：「如果我坐副駕駛座，會妨礙小正開車；如果你和我一起坐後座，我打到你事小，不小心讓你中咒就麻煩了。」

在「中咒」和「與城隍代理人坐在同一排」這兩個選項之間，蒲松雅選擇後者，雖然這個選擇讓他得負責拍照。

第四章

回吃乩童與流氓城隍

三人驅車前往賈道識居住的社區，該社區距離蒲松雅、胡媚兒家有半小時的車程。社區入口處雖然有保全人員駐守，但是出入管制並不嚴格，他們沒用上胡媚兒的法術，只說自己是來拜訪友人，就順利進入社區。

跑車繞過中庭，緩緩朝賈道識家所在的公寓前進。

蒲松雅在車子行進間觀察左右，社區內的建築物看起來頗有年紀，中庭裡沒有什麼華麗的造景，只有一座簡單的涼亭和幾塊花圃。

普通而陳舊，這是蒲松雅對此社區的印象。他皺了皺眉，轉向後座問：「妳確定賈道識住在這裡？」

「徵信社是這麼告訴我的。有問題嗎？」

「考量到他所騙到的錢，住這種地方似乎太委屈了……他有其他房產嗎？」

「徵信社說沒有，但他們懷疑他可能把屋子登記在其他人的名下。你也這麼認為嗎？」

「我不確定。胡媚兒，用上妳的隱身術，我要把車窗降下來拍照。」

「沒問題。」

胡媚兒回答，她先雙手合十，闔眼沉聲唸出一串無法辨識的語言，再分開手於半空中比劃，最後劃出一個圓、放下手道：「完成了，現在沒人能看見這輛車。」

蒲松雅降下車窗以單眼相機拍照，一開始他拍得非常小心，不過在多次被買菜歐巴桑與晨跑阿伯忽視後，他照相的動作越來越大膽。

而在蒲松雅將周圍拍過一輪的同時，賈道識現身了。

賈道識穿著和法會當天相同的服裝，帶著微笑推開自家大門，一面向左右鄰居打招呼，一面穿過中庭來到馬路邊，坐入一輛棕色小轎車裡。

宋燾正轉動方向盤驅車跟上，蒲松雅則趁機拍下小轎車的車牌。

兩輛車一前一後開上大馬路，在十多分鐘後雙雙來到寶樹菩薩禪修會總部，一同進入地下停車場。

「他待會應該會下車。」蒲松雅盯著前方的小轎車道：「我們得下車跟著他。胡媚兒，妳能同時藏住車子和兩個人嗎？」

「可以。」

「把我們兩個藏起來。」

蒲松雅解開安全帶，轉向宋燾正問道：「你在車上留守，若有變化就立即通知我們，可

以嗎？」

「可。」宋熹正回答。

小轎車在三人分配好工作後停下，司機下車替賈道識開門，恭敬的送對方進入電梯。

蒲松雅與胡媚兒一人抓相機、一人捏符咒，驚險的穿過司機與牆壁間的空隙，在電梯門關閉前將自己塞入電梯內。

三個人被電梯送上五樓，該樓層的走廊上有不少人在走動，這對蒲松雅和胡媚兒是好事也是壞事，好事是走廊上的人聲、腳步聲能掩飾兩人的聲音，壞事是這些人的存在讓他們在跟蹤時必須不停的左閃右避。

賈道識維持溫和的笑容，一一向走廊上的信眾打招呼，問這些人有沒有做早課、最近過得如何，或是給予他們祝福。一路走到走廊最末端的辦公室，他向門口的總機小姐打過招呼，扭開紅木門的喇叭鎖進入辦公室。

蒲松雅慢了一步，沒能在關門前竄入辦公室，他站在關閉的大門前正發愁時，胡媚兒突然抓住他的手，拉著他朝牆壁直衝過去！

蒲松雅倒抽一口氣，本能的舉起另一隻手臂護住頭，以為自己會迎來疼痛，卻只等到一

陣清淡的檀香。

檀香？蒲松雅放下手臂，赫然發現自己已經站在賈道識的辦公室內。

「穿牆術。」

胡媚兒的話聲在蒲松雅腦中迴盪。

狐仙指著人類的胸膛，上頭有一張黃符。

「只要貼上去，就能輕易穿過三十公分以內的牆壁。」

蒲松雅低頭看著身上的符咒，他明白自己能穿牆的原因，可是不懂為什麼胡媚兒會在他的腦子中說話。

「我對你下了同心咒。」胡媚兒指指自己的嘴巴解釋：**「這個咒能讓兩、三個人在一定距離內以心語傳訊，我想我們上來後就不能出聲，所以先下咒了。我做錯了嗎？」**

「沒有，妳做得很好。」蒲松雅在腦中回答，而從狐仙燦爛的笑容看起來，這條訊息應該有順利傳達。

視線轉回前方，蒲松雅將整個辦公室掃過一圈。

賈道識的辦公室不特別，一般辦公室常見的物品，諸如書架、辦公桌椅、沙發與茶几、屏風、以及主人與名人合照的照片，這裡也統統有，唯一比較特別的只有辦公室左側多了一座簡易佛堂和幾個蒲團。

蒲松雅將相機轉為錄影模式，旋轉一圈將辦公室收入鏡頭，然後向胡媚兒招招手，要對方跟自己一起到角落坐下來。

接下來三個多小時，兩個人就坐在地上看賈道識簽核文件、回覆電子郵件、和高階幹部談話、敲定接下來的法會日期……全是一些普通甚至有點無聊的工作，無法拿來證明賈道識是個神棍。

胡媚兒深呼吸壓抑打哈欠的衝動，轉向蒲松雅問：**「我們要在這裡待多久？」**

「待到他離開這裡。」蒲松雅回答。

他依然握著相機，將鏡頭對準茶几，賈道識和兩名信徒正坐在該處聊天。

「我快睡著了。」

「我也是。」蒲松雅按壓自己的眉心，**「我們最好找點東西聊。我想想……城隍是怎麼樣的人？」**

「城隍？你是指焘公大人嗎？」

「沒錯。他很好色嗎？從你們倆的通話內容聽起來，他很不正經。」

「燾公大人是挺不正經的，但他是一位公正認真的好城隍，這一區的妖怪都很敬愛他。」

蒲松雅腦中瞬間浮現某人被一群貓、狗、狐狸妖包圍的景象，這畫面實在……實在挺讓他羨慕的。

「松雅先生真的很喜歡小動物呢。」

蒲松雅因胡媚兒的心語回神，尷尬的僵直幾秒才轉移話題問：「宋燾正有語言障礙嗎？打從我們上車開始，他每句話都不超過兩個字。」

「小正有口吃，找醫生治療後還是一樣嚴重，所以他乾脆訓練自己用單字回答。」

「他能用單字應付所有問題？」

「大部分，如果不行的話，他可以用手機打字，或是請燾公大人過來。」

蒲松雅挑眉問：「他被城隍爺附身時就不會口吃？」

「不會，我也不知道為什麼，人類的身體很奇妙。」

「人類再奇妙都沒有你們奇妙吧？話說回來，當城隍很賺錢嗎？宋燾正開的那輛跑車看

起來至少一百萬。」

「小正今天開的那輛大概五百萬。城隍的『薪水』沒辦法買人間的東西，小正必須自己**賺生活費，他是雜誌的專欄作家兼股市投資客。」**

「城隍的弟弟是專欄作家兼股市投資客？」

蒲松雅有腦袋打結的感覺，開百萬跑車的乩童、專欄作家兼投資客，這三個職業是怎麼湊在一起的？

胡媚兒點了點頭，「**他是，而且還是很厲害的專欄作家與投資客，小正建議我買的股票都賺很……」**

「**停！**」

蒲松雅舉起手打斷胡媚兒，他盯著前方的茶几與沙發，賈道識正從沙發椅上站起來，把信徒送出辦公室。

賈道識關上門，走到辦公桌前拿起市內電話撥給外頭的總機小姐，告知對方他接下來要誦經與打坐，別讓任何人進入辦公室。

胡媚兒馬上垮下臉問：「**我們還要在這裡待多久？**」

「我不知道。」

蒲松雅剛回答完，就瞧見賈道識做出奇怪的事。

賈道識打開辦公室內的音響，讓誦經聲環繞整個空間，而後走到書架前取出某本精裝書再隨即放回，貼牆而立的書架立刻往左移動。

書架後是一座電梯，賈道識以鑰匙打開電梯門，迫不及待的跨入電梯廂中。

蒲松雅跳起來奔向電梯，可惜久坐令他的手腳遲鈍，當他趕到電梯前時，不只電梯的門關了，連書架都恢復原狀。

「該死！」

蒲松雅暗罵一聲，仿照賈道識的方式移動書架，盯著電梯的樓層顯示，黑螢幕上的數字從4倒退至Ｂ2。

同時，胡媚兒的口袋開始震動，她掏出調成震動模式的手機，看著螢幕道：**「小正傳簡訊說，賈道識回停車場了。」**

「我們也得回去。」

蒲松雅看看暗藏的電梯，再想想位於走廊另一端的電梯與防火梯，這三者都不可能讓他們在賈道識搭上任何一輛車前，返回停車場和宋燾正會合。

「我有辦法讓我們趕在他走之前回到地下停車場。」

胡媚兒瞧見蒲松雅驚訝的臉，指指符咒補充道：**「我還沒解除同心咒。」**

「妳可以解除了，然後帶我們回地下停車場。」

胡媚兒似乎想說點什麼，但是蒲松雅的眼神讓她放棄發言。她解除同心咒之後，走向人類，攀住對方的手臂道：「閉上眼睛，這會有點……激烈。」

語畢，蒲松雅腳下的地板突然失去支撐之力，整個人直直往下墜。

「搞什麼……鬼！」

蒲松雅在吼聲中落地，他從木板地移動到水泥地，驚魂未定的站在機車與汽車之間，腦袋空白五、六秒才意識到自己站在地下停車場。

「這算是進階版穿牆術，我把原有的術式做了些改變，能讓使用者快速穿過數層地板，但是又不會摔死。」胡媚兒邊說邊放開蒲松雅，她抬起頭卻嚇了一大跳，「松雅先生，你的臉色好白！你沒事吧？」

「我……沒事。」

蒲松雅強作鎮定，快步走向角落的湛藍跑車，打開車門入坐，問：「賈道識走了嗎？」

「否。」宋燾正回答，手指著斜前方的黑色賓士車，「於此。」

胡媚兒從後座探頭問：「他在那輛車裡？他的車不是棕色的嗎？」

「他的車顯然不只一輛。」蒲松雅舉起相機拍下賓士車，「他都特別走密道、設障眼法了，會換車並不意外。」

「為什麼他要走密道和換車？這裡是他的地盤，他用不著偷偷摸摸啊！」

蒲松雅揚起嘴角，「這裡是他的地盤沒錯，但是他在這裡需要注意形象。我想，我們很快就能拍到有趣的東西。」

▼※▲▼※▲▼※▲▼※▲

賓士車在蒲松雅說話時開出車位，從側門回到地面，在大馬路開上一段路後，右轉進入小巷子裡。

宋燾正發揮高超的跟蹤駕駛技能，無聲無息的尾隨在後，隨賓士車在巷弄中打轉，繞上近一個小時的路程才進入某個住宅區。

這個住宅區和賈道識所住的老社區截然不同，外圍的石雕圍牆氣勢迫人，內部的花園、巴洛克風格的噴泉富麗堂皇，住宅大樓高聳而新穎。

該住宅區既然蓋得如此華麗，門口的管制措施自然也不會簡單。賈道識住的社區只有一名管理員管大門，這個住宅區除了管理員，還多了門禁卡感應裝置、手動密碼輸入機和指紋辨識系統。

胡媚兒的法術能應付管理員，可是無法對付電腦系統，三人要繼續跟蹤賈道識只有一個辦法：下車翻牆混進社區中。

不過這個辦法有個缺點，人的步行速度難以追上車子，就算他們翻牆成功，還是很有可能跟丟人。

好在胡媚兒不只擅長法術，對變身術也頗有心得，她能應付這個缺點。

「喝！」

胡媚兒穩穩的踏上石板地，抬起頭向圍牆上的蒲松雅道：「松雅先生，你可以跳了。」

蒲松雅低頭看向胡媚兒，映在他眼中的不是嬌小甜美的女子，而是一隻和驢子差不多大

小的棕狐。

「松雅先生，你在做什麼？」胡媚兒在圍牆前繞圈，搖晃尾巴催促道：「快點下來啊，我會接住你。」

蒲松雅盯著狐仙柔軟的毛皮，相當猶豫的問：「我不會壓傷妳嗎？」

「當然不會！我又不是一般的狐狸。」

「……如果我壓痛妳，馬上告訴我。」

蒲松雅縱身跳到胡媚兒身上，他以為自己會將狐狸壓倒，或是聽到哀號聲，然而什麼事也沒發生。

胡媚兒在蒲松雅坐穩後，馬上掉頭朝大樓群奔跑，驅策自己的眼睛與鼻子尋找賈道識。

他們的運氣不錯，賓士車並沒有鑽入某棟樓的地下室，而是停在大樓前。

賈道識開車門走下車，他似乎在車內變裝過，服裝從長袍換成訂製西裝，禿頭被帽子蓋住，鼻子上還多了一副墨鏡，從超脫人間的心靈導師變成一身名牌裝飾的暴發戶。

「偷溜、換車還變裝。」蒲松雅連按三下快門，放下相機凝視賈道識低語：「他打算私下和某人見面嗎？」

「嗚嚕嚕……」

「妳嗚嚕嚕什麼，說人話啊！」

「不，我是……嗚嚕嗚嚕！」

胡媚兒甩甩頭，壓下耳朵困擾的道：「松雅先生，不要一直搔我的下巴，這樣我會想躺下來睡覺啦！」

蒲松雅的左手瞬間僵直，他完全沒發現自己在摸狐仙的下巴，尷尬的抽回手道：「抱歉，我摸貓狗摸習慣了，一不小心就……」

「我不討厭被你摸，但是現在摸會影響我的注意力。」胡媚兒偏頭向後看，問：「話說回來，松雅先生你講話的口氣是不是變溫柔了？」

「那是妳的錯覺。」

「才不是錯覺，我是人的時候你……」

「有人出來了。」

蒲松雅打斷胡媚兒的發言，他原本只想轉移話題，沒想到話一說完，還真有人從大樓中走出來。

來者是一名紅衣女性，她的身材凹凸有致，五官精緻靈巧，黑髮高高盤於頭頂，看起來頂多二十五、六歲。這名女子一出大門就與賈道識對上視線，豔麗的臉龐立刻浮現笑容，她快步走向賈道識，抱住對方送上香吻。

蒲松雅的腦袋空白半秒，趕緊將鏡頭對準兩人猛按。

胡媚兒同樣受到驚嚇，低嗚一聲用氣音問：「我以為只有年輕的人類才會當街擁吻。」

「我也這麼認為。」蒲松雅繼續拍照，他實在很不想看別人進行法式熱吻，但是他沒有選擇權。

「然後賈道識的老婆和我想像中不一樣，她本人比徵信社給我的照片年輕漂亮多了。」

「妳怎麼會認為那是他老婆？那分明是小三。」

「那是小三？」

「當然是！哪個男人和老婆見面必須變裝……」

蒲松雅看到賈道識與女子上車，趕緊拍拍胡媚兒的脖子道：「別說了，妳跟緊那輛車，我負責聯絡宋燾正來接人。」

「交給我！」

胡媚兒甩尾跟在賓士車後，追著車尾燈繞過半個社區，從西側側門回到街道上。

宋燾正早已在門外等著，待兩人上車就踩下油門，轉動方向盤，問：「如何？」

「賈道識是來找女人的。」蒲松雅邊回答邊繫上安全帶，「他和一個小他至少二十歲的女子擁吻，然後一起坐進車裡，我想他接下來應該會帶對方去吃午餐。」

「午餐……」胡媚兒吞吞口水，壓著自己的肚子道：「我也想吃午餐……我沒吃早餐，一個小時前就餓了。」

「妳沒自己準備糧食？」蒲松雅問。

「為什麼我要自己準備糧食？」

「因為我們在跟蹤人，這是常識……算了！」蒲松雅翻翻白眼，抓起自己的背包，拿出兩個飯糰拋向後座，「拿去，我只能分妳兩個。」

胡媚兒接下飯糰，三兩下拆開保鮮膜，一口咬掉三分之一的量，咀嚼幾下後滿足的往前座探頭道：「好好吃！這是從哪買來的？」

「從我家廚房，我昨天捏的，一共有兩種口味，蔥燒豬肉和鯛魚竹筍。」

「松壓先省豪鮮灰！（松雅先生好賢慧！）」

「哪有人讚美男人是用『賢慧』這一詞的啊?還有，別在滿口飯的時候講話，飯粒都噴出來了。」

蒲松雅將胡媚兒推回後座，剛想把背包放回原位，就發現車子因紅燈停下，而宋燾正直直的盯著自己。

蒲松雅和城隍之弟對視片刻，認命的把手伸進背包，抓出飯糰交給對方。

三個人一面啃飯糰、一面跟蹤，他們隨賓士車回到市中心，看見賈道識挽著年輕女子的手進入百貨公司，再帶著滿滿兩手的提袋返回車上。期間，蒲松雅拍下兩人挑衣、挑鞋、購買珠寶金飾的樣子，還幸運拍到幾張賈道識沒戴墨鏡的照片。

而蒲松雅被迫再經歷一次穿「地」術，且這次還是從六樓落到地下三樓。他非常慶幸，自己的父母與祖父母都沒有心臟病病史。

他白著臉返回跑車的副駕駛座，暗自祈禱賈道識下個目的地在一樓。

蒲松雅的祈禱得到回應，賈道識與情婦在離開百貨公司後，驅車前往一家開在大樓一樓的法式餐廳。

蒲松雅大大鬆一口氣，而胡媚兒則是大大吞一口口水。

狐仙餓壞了，區區兩個飯糰只夠她開胃，擔負不了填飽肚子的功用。她在跑車內吵著不使用隱身術，直接走入餐廳用餐兼跟監。

胡媚兒為了飽餐一頓，不惜恢復真身在後座打滾，嚎叫、磨蹭、搖尾巴、狗狗眼……把所有耍賴撒嬌的招式統統用上，終於把蒲松雅磨得受不了，同意光明正大的進餐廳。

法式餐廳走華麗慵懶風，晶瑩剔透的水晶燈高掛於頂，典雅明媚的風景油畫列於牆面，身著燕尾服的侍者笑臉迎人，柔軟的香頌音樂迴盪於寶藍色座席左右。

「妳這隻做事不懂輕重緩急的狐狸……」

蒲松雅坐在方桌邊，掐著真皮菜單瞪視對面的胡媚兒道：「我們是來調查賈道識，不是來享受美食的。」

「調查之餘又能享受美食，不是很好嗎？」

胡媚兒翻著菜單，興致勃勃的指著上面的雙人套餐問：「我們點三套這個好不好？」

蒲松雅的嘴角抽搐兩下，把菜單翻回去道：「妳給我點普通的單人套餐，從分量、套數到內容都普普通通的單人套餐。」

「我又不是付不起三套雙人套餐的錢。」

「不是錢的問題，是妳這樣幹會引起他人的注意！沒有服務生會忘記吃下六人份食物的女孩子。」

「那你和小正也幫我吃？」

「這有差別嗎！」

蒲松雅狠瞪胡媚兒一眼，然後為了避免自己失控而轉開目光，透過自行準備的立鏡窺視後方。

賈道識與情婦坐在蒲松雅背後，他們正在聽侍者介紹今日推薦的酒品，兩人的臉上都洋溢著幸福的笑容，左手與右手交疊於桌側。

蒲松雅對於自己不能拿相機把這畫面拍起來，感到相當的扼腕。

不過他的灰色情緒沒有持續多久，因為侍者很快就來到桌邊，以甜美的語氣、完美的微笑替三人點餐。

餐前麵包在侍者離開後送上，奶油的香氣軟化蒲松雅的惱火，也喚醒身體的飢餓。他拿起麵包撕成小塊，卸下緊繃半日的神經道：「胡媚兒，這頓妳請喔。」

「欸?為什麼是我請?」胡媚兒抓著兩個可頌麵包問。

「因為妳和熹正兩個人把我的午餐吃光了。」蒲松雅將麵包送入口中，充分咀嚼後才嚥下食物，「這頓飯就當妳賠償我的飯糰，還有讓我花上一天時間陪妳東跑西跑的謝禮，之後不用特別找我報恩。」

「報恩?」胡媚兒雙手抱頭呼喊：「哇啊啊啊我都忘記這個是要報恩的!」

「我說妳這個人實在是……」

蒲松雅望向宋熹正問：「這傢伙一直都這麼冒失嗎?」

宋熹正點點頭，包容的注視胡媚兒道：「可是，可愛。」

「小正!」胡媚兒張開雙手臂抱住宋熹正，開心的往對方身上蹭。

蒲松雅翻白眼決定忽視眼前的鬧劇，專心應付侍者送來的前菜。

他拿起刀叉切割烤透的磨菇，插起菇塊輕輕抹過紅醬汁，將沾上半面紅醬的菇放入嘴裡，仔細緩慢的品嘗。

他只顧著感受味道，沒發現右手邊的打鬧忽然結束，等到吞下食物才發現胡媚兒與宋熹正直直盯著自己。

蒲松雅放下刀叉問：「你們在看什麼？」

胡媚兒偏頭道：「松雅先生吃西餐的動作……該怎麼說呢？」

「貴氣。」宋燾正接口道。

「沒錯，就是貴氣！」胡媚兒雙手一拍道：「松雅先生用刀叉和撕麵包的動作都很貴氣，好像有錢人家的少爺。松雅先生小時候有特別學過餐桌禮儀嗎？」

蒲松雅瞬間僵住，他的臉色先白後青，一動也不動的盯著胡媚兒和宋燾正。沉默數分鐘後，他忽然伸手抓起一個可頌麵包，粗魯的把麵包整個塞入口中，結果馬上噎到自己。

胡媚兒嚇一大跳，跑到蒲松雅身後連拍對方的背脊道：「松雅先生你在幹什麼！沒人會搶你的食物，用不著吃這麼急啊！」

「咳！我不……咳咳！我才不是什麼有錢少爺咳！再也不是……咳咳咳！」

「好好好，你不是，我們都知道你不是。」

胡媚兒持續拍蒲松雅的背，直到對方完全停止咳嗽，才回到座位上皺眉問：「松雅先生，剛剛是我說錯話嗎？」

「沒有。」蒲松雅一秒回答，隨後迅速轉移話題問：「胡媚兒，妳對賈道識的占卜是不是有錯誤？」

「錯誤？哪裡有錯誤？」

「妳說，今天是他一週運勢的低潮，但是截至目前為止，那傢伙都過得很順利。」蒲松雅撇頭瞄一眼鏡子道：「妳瞧，他和他的女伴都笑到快下巴脫臼了。」

「今天才過一半，也許他下午就會很慘。」

胡媚兒在蒲松雅的臉上看到懷疑，她一手扠腰、一手拍胸強調：「相信我！我師父說過：『小媚兒什麼都糊塗，就只有法術和占卜機靈。』我的占卜不會有錯。」

「這話聽起來一點也不……」

「匡啷啷咚！」

碰撞聲驟然敲斷蒲松雅的發言，蒲松雅和餐廳內的客人、服務生全都愣住一秒，然後紛紛轉頭往聲音來源看去。

一名身材壯碩的中年婦人站在靠窗的座位邊，她兩手拍在餐桌上，拍擊撞翻了酒杯，還將湯匙與叉子震到地上。

同桌的女性朋友試圖安撫婦人，她伸出手想碰觸對方，卻反而成為敲響怒吼的訊號。

「賈道識你這個死鬼！」

中年婦人掀翻餐桌，推開桌子、踢開椅子、撞開服務生，朝賈道識與情婦的桌子奔去。

賈道識倒抽一口氣，想逃跑卻無法撐起身體，只能死命往後靠，整個人貼在椅背上，眼睜睜看著婦人一路掃除障礙殺過來。

中年婦人一來到桌邊，馬上伸手揪住賈道識的領帶，將人扯到面前怒問：「你又給我偷吃！我幾天前才警告過你，你還敢給我偷吃！」

「不、不是這樣子的，阿娥妳誤會了，我只是……我只是和我乾女兒吃飯！」

「上個月那個你也說她是你乾女兒！」

「上個月那個？」賈道識的情婦站起來，滿臉錯愕的問：「道識，你不是說我是你唯一的救贖，只有我能讓你忘記家中的惡魔，自由快樂的享受人生嗎？」

「死鬼你竟敢說老娘是惡魔！」

「我沒、沒……啊啊阿娥，我不能、不能呼吸！」

「道識，回答我的問題！」

「先給老娘解釋！這個狐狸精又是你從哪裡找來的！」

「我、我嗚……」

「給我（老娘）解釋！」中年婦人與情婦一同高喊。

女服務生靠近三人，擠出笑容試圖緩和氣氛道：「客人，請冷靜下來，有什麼事……」

「都不干妳的事！」婦人與情婦再次同聲怒吼。

胡媚兒被眼前的爭執嚇傻了，呆滯數分鐘才反應過來問：「這是怎麼回事？」

「賈道識不只有小三，還有小四、小五、小六的意思。」蒲松雅舉著相機趁亂猛拍，注視著鏡頭裡快被掐死的賈道識，「都已經走暗道、換車、繞路還變裝了，卻被妻子在餐廳直接堵到，賈道識今天的運氣真的很不好。」

胡媚兒看見中年婦人拿賈道識的頭去撞桌子，縮一下肩膀小聲道：「雖然我的占卜結果說他今天的運勢很糟，但這也太慘了……他怎麼會搞成這樣？」

「貪。」宋燾正用一個字總結賈道識的災難來源。

餐廳經理在戰火蔓延開來之前趕到，他和其他服務生努力拉開三人，一面向其他的客人道歉，一面把失控的男女架出餐廳。

蒲松雅等人目送賈道識與情婦、老婆離去，他們重拾舒適安靜的用餐空間，可是也碰上新問題。

「松雅先生，我們要去追賈道識嗎？」

胡媚兒咬著下嘴唇，手握刀叉可憐兮兮的問：「不用吧？我們已經拍到很多東西，不用繼續跟蹤他們，可以留下來吃午餐吧？」

蒲松雅想回答「當然不可以」，但是胡媚兒完美模仿狗兒哀求時的眼神，且服務生又正巧過來上海鮮湯，狗狗眼與鮮美的食物香同時衝擊他的感官，動搖人類的意志。

「松雅先生，可以嗎？」

「……僅此一次，下不為例。」

蒲松雅放下相機拿起湯匙，說服自己他們已經掌握夠多的證據，沒必要繼續追著那名神棍逛大街。

「萬歲！」

胡媚兒高舉雙手，不知從哪摸出餐廳的菜單，盯著上頭的文字道：「我要加點焗烤蝸牛、乾煎鵝肝、香草白蘆筍、迷迭香油封小羊肩、香煎深海鯛魚佐……」

「喂！我只有說我們可以不用繼續跟蹤，沒說妳可以加點二三四五人份的食物！」

「難得來高級餐廳一次，吃好一點不會怎麼樣。」

「妳這不叫吃好一點，妳這是把法式餐廳當吃到飽餐廳！妳知道這裡的價位嗎？如果店老闆要留妳下來洗盤子或刷廁所，我絕對不會陪妳。」

「你不用擔心這種事，就算我的卡被刷爆了，還有小正的卡能刷。」

「別隨便把別人當錢包！」

蒲松雅伸長手臂拍胡媚兒的頭，轉向宋燾正火大的道：「你也講講這隻笨狐狸，她一碰到吃的就沒腦袋可言。」

宋燾正微微偏頭，沉默片刻後拿出一張黑卡推向胡媚兒。

「……小正！我就知道你最挺我了！」

「你們兩個夠了！」

▼※▲▼※▲▼※▲▼※▲

這頓讓狐仙愉快、人類頭痛的午餐吃了將近三個小時，直到餐廳的中午休息時間降臨，三人才驅車返回蒲松雅與胡媚兒居住的公寓。

胡媚兒的好胃口讓服務生們留下深刻的印象，宋燾正的黑卡讓餐廳經理親自出來送客，而這兩者讓蒲松雅想找個洞把自己埋起來。

「松雅先生，你還在生氣嗎？」胡媚兒扶著前座的椅背注視蒲松雅。

人類在上車後就死死盯著窗外，對於狐仙的搭話不理不睬。

「松雅先生——」胡媚兒伸手搖晃蒲松雅的肩膀，晃沒兩下就被對方甩開。

狐仙苦惱的縮回手臂，凝視蒲松雅片刻後，頭顱一甩變成狐身，用鼻子拱拱人類的肩頭，細聲叫道：「松、雅、先、生！」

蒲松雅的嘴角抽搐一下，努力不去理會毛茸茸的狐狸，但到頭來還是禁不起小動物的誘惑，斜眼瞪視胡媚兒問：「幹嘛？」

「別生氣了啦，那間餐廳每天接待一大堆客人，很快就會把我們忘記的啦！」

「憑妳和燾正所做的事，我敢打賭半年內那間餐廳的人都忘不了我們。」蒲松雅單手扶額，無奈道：「每次我和妳一起進餐廳，出來時都被店員當成驚奇動物瞧。」

「只有兩次，沒到每次啦。」

「我也只和妳一起吃過兩次飯。」

蒲松雅把胡媚兒推回後座，眼角餘光瞥向擋風玻璃時，瞧見自己所居住的公寓大樓巷子口正圍堵著一群年輕人，他推狐狸的動作頓時止住。

宋燾正和胡媚兒遲了幾秒也發現了那群年輕人。城隍之弟放緩開車的速度，狐仙則恢復人類的樣貌，伸長脖子想看清楚那些人在做什麼。

蒲松雅也對那群人聚集的原因感到好奇，他在觀察時偶然與其中一人對上視線，於對方眼中瞧見狠辣的敵意。他愣住半秒，猛然明瞭那群人的來意，緊急回頭向胡媚兒道：「喂，快變回狐狸，別讓外頭的人看到！」

「為什麼？」胡媚兒問。她已降下車窗，還將半顆頭探出窗戶。

「因為那群人是來找妳的！」

蒲松雅的話剛說完，就有幾名年輕人把頭轉過來，拎著木棍和鐵鎚跑了過來。

宋燾正馬上打倒車檔，逃過一個鐵鎚與兩根球棒，但還是讓一塊磚頭砸中引擎蓋，響亮的撞擊聲震動玻璃。

蒲松雅的背脊突然滾起一陣冷顫，他還沒搞懂自己感受到什麼，耳邊就聽到一聲怒吼爆

出……

「你他媽的敢砸我弟的車！」

前一秒還是謙謙君子的宋焘正摘下眼鏡丟到儀表板上，甩開車門跨大步走向最靠近自己的年輕人，一拳揍上對方的臉，然後將人扛起來拋向其他人。

接下來的畫面，簡而言之稱為鬥毆，詳細點描述可說是「人類大小的哥吉拉蹂躪眾人類」。人類努力的揮動球棒、鐵棍、機車大鎖、磚頭或自己的拳頭想擊敗哥吉拉，卻每每被對方閃過、打掉、奪下、扭轉攻擊，然後倒於怪獸的重拳與飛踢之下。

蒲松雅看得目瞪口呆，傻住好一會才轉向胡媚兒問：「外面的是？」

「焘公大人。」胡媚兒回答，她帶著純然尊敬的目光，遠望宋焘公痛扁年輕人，「焘公大人揍人的樣子還是這麼帥氣。」

「這已經超越帥氣，直逼暴虐了吧？」

蒲松雅看著宋焘公把高他一顆頭的青年過肩摔，再肘擊另一人的胸口。他忍不住皺眉問：「他這樣揍人，不會把焘正的身體搞壞嗎？」

「不用擔心，當焘公大人降臨時，小正的身體是處於神明附體，刀槍不入的狀態。」

「刀槍不入……妳是說他現在的狀態，和爬刀梯的道士或寒單爺差不多？」

「熹公大人比那個強多了，人間的武器與普通的法術都傷不了他。」

「難怪他像個坦克車一樣到處輾。」

「熹公大人就算沒有神體，也能像坦克車一樣到處輾。」

胡媚兒偏頭望著掉漆的引擎蓋問：「話說回來，為什麼那些人要砸小正的車子？小正有得罪他們嗎？」

「得罪他們的人不是熹正，是妳。」

「欸？我？」

「妳找的徵信社不是被人威脅嗎？做出威脅的人恐怕已經查出妳是委託人，所以決定直接上門要妳安靜……啊，外頭好像打完了。」

蒲松雅望著巷子口，該處聚集了將近二十個人，但只有城隍爺一個人從頭站到尾。

宋熹公踢上年輕人的屁股，單手扠腰俯視倒成一片的戰敗者道：「喂，起來！剛剛不是很囂張的衝過來想砸車嗎？怎麼現在一動也不動啊？給我起來下跪道歉，你們這群不長腦袋的混球！」

「……」

「不理我？現在的年輕人禮貌真差，看樣子需要再教育一下……」宋燾公邊說邊捲起一手的袖子。

這個動作驚動了這群年輕人，他們不管身體有多痛、頭有多暈，統統爬起來跪在地上，深怕會再被痛扁一輪。

「很好。」

宋燾公冷笑一聲，放下手臂雙手扠腰道：「聽好了，我對你們是誰、要幹什麼沒有任何興趣，但是這裡是本大爺的地盤，誰敢動我就揍誰，聽清楚了嗎？」

「清楚……」

「哈？太小聲了我聽不見。」

「聽、聽清楚了！」年輕人們扯著嗓子吶喊。

「很好，清楚了就給我滾！再讓我看到你們第二次，我直接把你們揪去給牛頭馬面管教！」

宋燾公話剛說完，現場十多名年輕人就馬上拖著腿、扶著同伴，遠離帶給他們身心靈創

傷的巷子。

宋熹公確認所有人都離開後，這才回到車上握住方向盤道：「居然有人敢在大白天隨意砸車，我不記得我轄區的治安有這麼差啊。」

胡媚兒搖頭道：「他們不是隨意，是看見我才衝過來砸車，因為我請人調查他們的……呃？」

「頭頭。」蒲松雅接話。

「沒錯，是頭頭。」

胡媚兒低下頭誠懇的道：「熹公大人對不起，我害小正的車被砸了。」

宋熹公瞥了胡媚兒一眼，掏出香菸點燃道：「和我打一炮，我就原諒妳。」

「欸欸欸欸！」

「開玩笑的啦，妳太幼了，不合我的胃口。」

宋熹公將車子開入巷子內，停下車對蒲松雅伸出手道：「你好，我是宋熹公，本區的現任城隍爺。」

蒲松雅沒料到宋熹公會如此正式的打招呼，頓了一下才握住對方的手道：「你好，我是

蒲松雅，是秋墳書店的店長。」

「蒲松雅、蒲松雅……」宋燾公瞇起眼輕聲道：「你就是傳聞中的『那位』之一啊！」

「什麼？」

「沒什麼。」

宋燾公抽回自己的手，繞過椅子拍拍胡媚兒的頭道：「我們家的笨狐狸麻煩你不少事，希望你別介意啊！」

「……拜託你快點把她牽回去綁好。」

「有美女陪不好嗎?很多男人可是心心念念想娶隻狐狸精回家呢。」

「我只要有貓和狗就夠了。」

「清心寡欲的男人。」

宋燾公拍拍蒲松雅的肩膀，比出一個「請」的手勢道：「好啦，我要把車開去保養廠檢查，你們兩個該下車了。」

蒲松雅馬上下車，胡媚兒隨後跟上，兩人站在巷子口目送藍色跑車消失，不約而同的鬆一口氣。

胡媚兒道：「松雅先生，我想你應該過關了。」

「我想也是。」

蒲松雅雙手抱胸皺眉道：「不過他們兩兄弟的性格也差太多了吧？一個是沉默的小公子，另外一個簡直是流氓。」

「燾公大人不是流氓啦，他生前是警察，外號是大流氓的刑事警察。」

「……」

第五章

照片上的人不見了？

蒲松雅沒有因為調查結束就對胡媚兒說再見，相反的，他花上更多時間和狐仙聯繫。為什麼？是他迷上胡媚兒，還是良心發現決定看顧糊塗的狐狸？

以上猜測統統錯誤！

蒲松雅之所以願意分時間給胡媚兒，只是想早日和對方老死不相往來。經過這幾次的相處，蒲松雅很確定胡媚兒如果又碰上問題，那麼十之八九又會跑來找自己。與其在事態惡化後再來收拾爛攤子，他寧願一開始就將情況掌握在手中。

為此，蒲松雅主動替胡媚兒整理相機中近百張的照片，擬定對劉赤水之母吳鳳霞的講稿，將狐仙抓到自家客廳反覆做模擬練習。這些工作讓蒲松雅每天的睡眠減少兩小時，臉上至少增加三條皺紋，家中伙食費爆增近四倍——幸好胡媚兒有錢付伙食費。

終於，在經過兩個多禮拜的訓練、責罵、抓狂和撒嬌後，胡媚兒勉強達到蒲松雅的及格標準，可以離開新手村正式進行揭穿神棍作戰。

在蒲松雅心目中，最理想的狀況是策動劉赤水，讓對方拿著證據點醒母親，然而劉赤水正受到劉母的嚴格監視，貿然聯絡恐怕會讓吳鳳霞對胡媚兒的敵意更深。

無奈之下，他們只能直接約吳鳳霞出來談。

這不是個容易敲定的約會，胡媚兒按照蒲松雅的指示，訂了吳鳳霞渴望卻不敢踏進去的甜點店、謊稱自己想了解禪修會、對自己過去的行徑懺悔了一百次，才成功讓劉母點頭。

兩人的會面訂在一週後，地點是鬧區知名的甜點店「兔子洞」，時間是令人放鬆的下午三點，人員只有胡媚兒與吳鳳霞。

至少，表面上是只有這兩人。

▼※▲▼※▲▼※▲▼※▲

蒲松雅推開粉紅色的大門，在清脆的搖鈴聲中，踏入甜點店「兔子洞」。

他原打算讓胡媚兒自己面對吳鳳霞，但是在家中掙扎半日後，還是戴上已故親人的舊眼鏡，套上長外套並用髮蠟改變髮形，稍做偽裝後提前半小時到甜點店。

而蒲松雅在踏入店內後兩秒，馬上對自己的決定感到後悔。

「兔子洞」顧名思義，是以愛麗絲夢遊仙境為主題的甜點店，店內貼著柔柔粉粉的壁紙，掛著花朵造型的彩色吊燈，地上和櫃子上擺著木雕小動物，桌椅還刻意設計成撲克牌的樣貌。

除了裝潢外，店內的客人也或多或少帶著夢幻甜蜜的氣息，他們帶著滿足的笑容圍坐在精美華麗的甜點、飲料旁，不時爆出響亮的笑聲。

可愛的店、幸福溫暖的人們，蒲松雅站在這兩者所形成的甜蜜結界中，感覺自己像是落在星星糖糖罐裡的五香豆乾，顏色、形狀、味道無一處是對的。

這實在太詭異了，他還是回家替寵物梳毛好了。

「歡迎光臨！」

女服務生在蒲松雅逃跑前，笑盈盈的上前攔截客人，「請問有幾位？」

「呃，不，我只是進來看看的。」蒲松雅後退半步。

「今天是本店的笑臉貓日，消費滿四百元，就贈送笑臉貓手機吊飾喔。」

「我不需……」

「喵姆——」

軟綿綿的叫聲與貓身同時蹭上蒲松雅的腿，一隻三花貓繞著他的褲子打轉一圈，然後坐在人類跟前，抬頭注視對方。

「哎呀，貓小姐出來啦！」女服務生揚起笑容道：「這孩子從上週開始擔任本店的店貓，牠不會咬人和抓人，客人如果想摸牠的話，可以輕輕的摸喲。」

「……」

「客人？」

「……一位，請幫我帶位。」蒲松雅回答，在貓兒和女服務生的帶領下走向座位區。

「請先閱讀菜單，如有需要點餐或介紹請呼喚我。」女服務生放下菜單，稍稍鞠躬後將桌子留給蒲松雅與貓。

蒲松雅一面撫摸花貓，一面觀察自己的左右。他的運氣不錯，被女服務生帶到一處隱密，卻又能大致看見整間店的座位上。

「就算聽不見交談聲，至少也能看見兩人的互動。」

蒲松雅望著店面低語，打開菜單等待胡媚兒與吳鳳霞到達。

狐仙與劉母在二十多分鐘後踏入店內。蒲松雅一開始並沒有發現兩人，因為服務生正巧過來送餐，身體遮住他的視線。

直到服務生退開，蒲松雅才瞧見胡媚兒和吳鳳霞坐在自己斜前方的雙人座。

他馬上縮起肩膀往牆壁的方向退，直到確定兩人都沒注意到自己，才放心的回到原位，細細觀察胡媚兒和吳鳳霞的表情。

胡媚兒看起來有點緊張，不過這種程度緊繃只讓狐仙更加楚楚可憐；吳鳳霞乍看之下嚴肅冷漠，可是細看後就會發現她眼裡透著興奮與喜悅。

胡媚兒也在祈禱相同的事，她翻動菜單盡可能輕鬆的道：「哇啊，這裡面的點心都好可愛啊！阿姨想要吃哪個？」

「我是上年紀的人，不能吃太甜。」

「阿姨看起來還很年輕啊！而且這間店的餐點是健康取向的，有透過特別的方法減糖、減油。」

「真的？」

「是真的！所以阿姨就放心的點吧。」

「那我看看我要點什麼……」

吳鳳霞埋首菜單中，她臉上的線條在鮮豔的圖片中軟化，等到服務生過來點餐時，嘴角上已掛著明顯的微笑。而當服務生把宛如珠寶盒的蜜糖吐司端上來時，吳鳳霞已經藏不住內

心的愉悅與激動，迫不及待的拿起刀叉享用。

很好！蒲松雅在心中無聲的吶喊，桌下的右手緊緊握起。

按照他的計畫，為了讓吳鳳霞聽得進胡媚兒的話，絕不能劈頭就丟出賈道識有問題的證據，而是要先用甜言蜜語、糖蜜糕點鬆懈她的戒備，之後再視情況亮出賈道識亂搞的照片。看吳鳳霞對蜜糖吐司的反應，蒲松雅的計畫幾乎經成功三分之二，接下來只要胡媚兒別說錯話，他就可以收工回家了。

「終於啊……」

蒲松雅靠上柔軟的椅背，不再緊張兮兮的偷窺胡媚兒、吳鳳霞所在的桌子，放心的摸貓、吃櫻桃派。

他的放鬆狀態持續了一個多小時，直至耳朵捕捉到某個問題，才猛然恢復警戒狀態。

「吳阿姨，妳常常見到大導師嗎？」胡媚兒問。

「當然，我每個禮拜都會去親近大導師。」吳鳳霞點點頭，切下一小塊布朗尼道：「大導師是很有智慧和能量的人，妳也該常常去看他。」

「我會的，我上次去法會時感覺……感覺很舒服。」胡媚兒因為違心之論卡了一下才把話說完。

「我可以把本月法會的時間抄給妳，禪修會幾乎每個月都有共學或法會，加入我們，妳的生活會非常充實。」

「聽起來真不錯。」

胡媚兒停頓片刻，下意識抓緊手提包切入正題道：「對了阿姨，我朋友上禮拜說，她看到大導師穿著一身名牌，去一間高級法式餐廳吃飯。」

「大導師穿名牌去高級餐廳？大導師為人節儉樸素，哪會去那種地方。」

「我也這麼覺得，所以問她是不是看錯了，但是她很堅持她沒看錯，還拿當時的照片給我看。」胡媚兒將手提包打開，拿出相簿放到桌上道：「我把照片帶來了，吳阿姨妳幫我看看，這裡頭的人是不是大導師？」

吳鳳霞將相簿挪到自己面前，翻開封面低頭注視裡頭的照片。

起初，吳鳳霞的臉上沒有什麼表情，然而隨著相簿一頁一頁翻過，裡頭的照片從賈道識與情婦走進餐廳，變成情婦與大老婆在餐廳內揪住賈道識開罵，她的臉色越來越難看。

同時，蒲松雅與胡媚兒的心臟也越吊越高，兩人隔著桌椅注視吳鳳霞的臉，等待對方放

下相簿給出回應。

最好的反應是吳鳳霞驚醒，決定脫離禪修會；不好也不壞的反應是吳鳳霞存疑，雖不完全相信照片，可是也種下懷疑的種子；最糟糕的反應是吳鳳霞生氣，認為胡媚兒刻意抹黑。

他們針對這三種反應制定了不同的應對之法，然而吳鳳霞的反應卻不屬於上述三者。

吳鳳霞放下相簿，指著照片中互扯頭髮的大老婆、情婦，冷淡的說道：「這兩個女人也太誇張了，居然在別人的店裡打架。」

「我也……啊不是，我是說我朋友也覺得她們很誇張，所以才拍了那麼多張相片。」

「她們為什麼打架？」

「因為她們發現自己的丈夫和情人另外有女人。」

「怎麼發現？」

「這位女士……」

胡媚兒手指賈道識的大老婆道：「在餐廳中，看見自己的丈夫和另外一名女士一起吃飯，她非常、非常生氣的衝過去理論，結果不小心讓另外一名女士發現，原來她也不是唯一一個。」

「不是唯一一個？這個男人偷吃了幾個人？」

「我不知道，我想至少有三個。」

「太糟糕了，這男人是怎麼騙到這些女人的？靠他的臉還是錢？」

「我想應該不可能靠臉……」

胡媚兒的話聲轉弱，她總算察覺到吳鳳霞的異樣，將手指伸向照片中的賈道識道：「男人在這裡啊！他長得不怎麼樣，但是看起來很有錢。」

吳鳳霞低下頭看胡媚兒所指之處片刻，皺眉搖搖頭道：「這裡沒人啊。」

「沒人？」胡媚兒錯愕的問，抽出相片舉到吳鳳霞面前，「這裡有人啊！就在柱子和桌子之間，有一個穿西裝，長得很像大導師的中年人。」

吳鳳霞看照片一眼，微笑道：「媚兒，這張相片上沒有男人。」

胡媚兒整個人傻住，隔了近半分鐘才回神，抓起相簿再抽出兩張賈道識的照片，推到吳鳳霞眼前問：「那這兩張呢？這兩張照片上有男人吧！」

「這兩張……」吳鳳霞指指賈道識戴墨鏡與帽子的照片道：「這張照片上是有一個男人，但是另外一張只有一個女人啊。」

胡媚兒瞪大雙眼，臉色鐵青的強調：「兩張照片上都有男人，同一個男人，一個有戴帽子和墨鏡，另外一個沒有。」

「第二張沒有男人。」

「兩張照片上都有賈道識！」

「大導師不會去這麼昂貴的餐廳，更別說和妻子以外的女人有染。」

「可是這上面真的有他，我真的親眼……」

「媚兒！」吳鳳霞打斷胡媚兒的話，皺緊雙眉嚴肅的問：「妳最近是不是去了什麼不乾淨的地方？大導師說過，人如果被魔障纏上，就會聽見或看見不存在的東西。」

「我沒有！」

「妳確定？如果妳有問題就講，我可以請大導師幫妳除障。」

這時，吳鳳霞的手機突然響起，她掏出手機接通，和電話那頭的人簡單交談幾句後，放下手機拿起手提包道：「我必須離開了，禪修會有人找我。」

「等一下阿姨，我還沒說完！」

「我沒時間了。」吳鳳霞站起來向門口走幾步，再停下轉身道：「照片上的男人不是大

導師，我知道不是。」

語畢，吳鳳霞像一陣風一樣走出甜點店。

蒲松雅目睹了一切，甚至捕捉到大多數的對話，因為胡媚兒和吳鳳霞兩人都越說越大聲。他看著狐仙呆坐在位子上，纖細的肩膀緊繃且僵硬，手指依舊壓在照片上，不只動作和表情，她甚至連呼吸都停滯了。

耗費近半個月蒐集資料、擬定講稿，做上無數次模擬演練，最後卻得到這種莫名其妙的結果，是人是狐都會受到嚴重的打擊。

蒲松雅的手指稍稍收緊，他在猶豫要不要去安慰胡媚兒。照理來說他應該去，可是他很清楚自己只擅長唸人，不擅長安慰人。

胡媚兒在蒲松雅掙扎時，緩慢的趴到桌子上，低垂的頭看不見五官，縮起的雙肩微微顫抖，像是一隻被人狠狠踹屁股的狗。

蒲松雅嘆了一口氣，摘下眼鏡抓亂頭髮，站起身由後方靠近胡媚兒，將手放到對方的肩膀上。

胡媚兒身體一震，轉頭往後看，盯著蒲松雅的臉輕聲道：「松雅先生？」

蒲松雅勉強笑一下，他不知道自己該說什麼……

「妳盡力了」聽起來太過輕鬆；「這不是妳的錯」又過度模糊；「我們試試別的辦法」，可他壓根想不到別的辦法。

「松雅先生……」

胡媚兒第二次呼喚蒲松雅的名字，這回她的聲音染上哭腔，烏溜溜的黑眼迅速積聚淚水。接著，她在蒲松雅做出反應前，一把抱住他的腰，把臉埋入大衣中嚎啕大哭。

蒲松雅瞬間僵直，隔了一會才把手放到胡媚兒的背上，不自然的拍撫狐仙。

店內的客人同時看向兩人，密集的注目令蒲松雅渾身發毛，可是他沒有因此推開胡媚兒，就連店員上前關心時也沒有。

這全是因為胡媚兒抓得太緊的緣故，和他本人的意志沒有任何關係——蒲松雅如此堅信著。

▼※▲▼※▲▼※▲▼※▲

蒲松雅在甜點店一行的隔日，帶著疲憊的身軀上班。

他打開店門，鬆開金騎士的牽繩任憑大狗在店內亂走，自己則去啟動電腦與空調，再拿出掃把清潔地板。

當蒲松雅掃到座位區時，聽見門口鈴鐺的響聲，他抬起頭想告訴來者本店尚未營業，卻在瞧見來者的那一瞬間愣住。

「孝廉？」

蒲松雅看著自家工讀生，困惑又訝異的問：「你今天不是上晚班嗎？」

「我是，不過我想你可能會需要我幫忙。」

朱孝廉將背包放到地上，走向蒲松雅伸出手道：「店長在掃地嗎？剩下的交給我，你去忙別的事吧。」

「不用，扣除打掃外我沒有別的事好忙。」

「那就去櫃檯坐著喝茶！」朱孝廉邊說邊握住掃把和畚箕，將掃具從蒲松雅手中搶過來道：「掃地、刷馬桶、擦窗戶之類的事我做就好！」

語畢，朱孝廉迅速跑到座位區的另一端，認認真真的清掃地板。

蒲松雅兩手空空的看工讀生掃地，呆住片刻才返回櫃檯，拿出讀到一半的書等待開店。

書店在十多分鐘後開門，蒲松雅本以為朱孝廉會在開店後就窩到座位區吹冷氣玩手機，沒想到他不只沒溜去休息，還主動擔下服務客人的工作。

——詭異，太詭異了！

蒲松雅坐在椅子上，斜眼看朱孝廉笑容滿面的向客人介紹新書。他家的工讀生哪有這麼熱愛工作，這其中一定有鬼。

蒲松雅決定以逸待勞，他拿起今日的報紙開始閱讀，打算等朱孝廉自己裝不下去，開口說出來意。

蒲松雅等待的時間很短，他只看完三則新聞，報紙的光源就被某人遮住。

朱孝廉大頭的陰影落在報紙上，他靠近蒲松雅神秘兮兮的問：「店長，我可以問你一個問題嗎？」

「你能問，但我沒義務答。」

「店長——看在我今天自願無償加班的分上，你對我溫柔一點嘛……」

「如果你是為了問問題才來加班，就不能稱為『無償』。」

蒲松雅舉起手阻止朱孝廉慘叫，闔起報紙道：「你想問什麼就快點問，別等到客人多的時候問。」

朱孝廉眼睛一亮，拉來一張椅子坐下，興奮的問：「小媚成功了嗎？她有沒有說服她男友的母親，賈道識是神棍？」

蒲松雅險些將報紙掐破，瞪著朱孝廉，「你怎麼會這些知道？」

「小媚告訴我的。當她被你『嚴厲糾正』的時候，會打電話來向我訴苦，所以我大概知道你們的計畫。」

「你說什麼！」

「小媚不是故意的啦！她只是……你知道，女孩子都比較纖細，而店長你罵起人來又異常凶狠，所以她才會受不了來找我說話。」

「你是在幫胡媚兒還是在害自己？」蒲松雅翻白眼問。

他捲起報紙敲朱孝廉的胸膛，警告道：「還有，我出自好意提醒你一聲，胡媚兒已經有男友了，為了你的青春時光著想，別把心力放在她身上。」

「我知道小媚有男朋友，我們只是純友誼。」

「……」

蒲松雅一臉「如果你們是純友誼，那我就是上帝」的表情。

「真的啦！我們……等等，為什麼我們會講到這個？我想知道的是小媚有沒有成功，不是要討論我和小媚的關係啦！」

「……我們失敗了。」

「什麼！」朱孝廉跳了起來，抓著頭髮震驚的問：「你們不是掌握很有利的證據嗎？像是那神棍和小老婆擁吻、逛精品店、在餐廳裡十指交扣、大老婆小老婆打群架，這些鳥事你們不是全拍下來了嗎？」

「你怎麼知道我們拍到什麼？」

「因為小媚有拿相簿給我看……啊啊那個不重要啦！有鐵證又有店長的毒舌出馬，怎麼可能會失敗？」

「我不知道。」

蒲松雅壓抑半日的挫折感爆發，他將報紙拋到櫃檯上，雙手抱胸咬牙切齒的道：「剛開始一切都進行的很順利，胡媚兒甚至成功讓吳鳳霞拋開敵意，但是當事情走到最後一步——

拿照片出來給吳鳳霞看時，我們先前的努力都白費了。」

「白費是指她不相信照片嗎？」

「是指她看不到照片裡的人。」蒲松雅煩躁的回答：「凡是有賈道識出現的照片，她都統統無視了！」

「無視照片？」

「正確來說，是無視照片中的賈道識。」迅速揚起手，蒲松雅制止朱孝廉發問，「別問我她是怎麼做到的，我不知道。」

朱孝廉閉上嘴，不過他只安靜不到五分鐘，就又拋出新問題：「小媚還好嗎？她沒回我電話。」

「她不太好。」

蒲松雅想起倒在自家沙發上的狐仙，眉頭緩緩皺起。

在吳鳳霞離開後，胡媚兒抱著蒲松雅哭上整整二十分鐘，然後發揮她非人的怪力，拉著蒲松雅上計程車直奔酒吧，喝至深夜才被蒲松雅拖回家。

胡媚兒一進公寓樓梯間就現出原形，嚎嚎嗚嗚的趴在蒲松雅身上，不知道是在抱怨還是

在撒嬌。

蒲松雅把胡媚兒抱進家門，狐仙在進入前陽臺時吐了，嘔吐物沾到金騎士的腳，導致他除了要洗陽臺、洗狐狸外，還必須洗自家大狗。他忙到凌晨三點半才上床，躺不到幾小時就被自己的生理時鐘叫醒，拖著手腳準備上班。

當蒲松雅出門時，胡媚兒仍維持狐狸的姿態，躺在沙發上呼呼大睡。

「她喝醉了。」蒲松雅補充道：「我想太陽下山前都醒不來，你不用費力打給她了。」

「我可以在太陽下山後打。」

「……隨便你。」

蒲松雅拿起報紙，他本想把新聞讀完，卻忽然對報紙失去興致，想要看別的東西。

一本插著書籤的白皮書映入眼簾，蒲松雅拿起白書，想起這是前些日子觀老太太所贈的心理學書籍。當時他只看了開頭，就為了接待客人闔上書本，而後又因為忙碌與胡媚兒的出現，直接忘記書的存在。

蒲松雅將書翻開，抽出書籤繼續閱讀。

起初，他只是單純用書來打發時間，但是當他看見某段文字時，眼神瞬間轉利，抓著書本細細閱讀。

【盲視背叛】

當人類面對危險時，會視情況與自己的能力採取三種反應：反擊、逃跑或裝死。能力足夠時會反擊，能力不足但有辦法閃躲時會逃跑，連逃跑都辦不到時則會裝死以自保。

「盲視背叛」即屬於裝死的一種。當人們遭到自己信任之人的傷害，並且判斷自身無法反擊或脫離對方時，即有可能會產生盲視背叛。受害者可能直接將當時的記憶抹去，直到數年後才重新想起；或是無視眼前的背叛證據，即使這些證據就出現在他們面前，他們能看見證據，但是拒絕理解。

看見，但是拒絕理解……

蒲松雅想起吳鳳霞對照片的反應，她看得見偽裝後的賈道識，卻看不見除去墨鏡和帽子的賈道識。

她不是看不見，她是拒絕自己看見。

「店長，你看什麼看得這麼入迷？」朱孝廉湊過來問。

「一本書。」蒲松雅回答，同時把朱孝廉推回去，繼續閱讀文字。

盲視背叛的現象大多發生於被害者依附於加害者，且主觀意識上認定自己無法脫離加害者而活，因此對於加害者的種種傷害行為只能選擇無視或遺忘。

舉例來說，小孩受到父母的虐待時，因為自身尚無能力獨立，便會引發盲視背叛，遺忘父母親的傷害行為；或是沒有經濟能力的全職主婦目睹丈夫外遇，為了自身或孩子的生存，只能一而再再而三的淡化、美化或相信丈夫的解釋。

被害者的心智就像被罩上濾鏡的攝影鏡頭，將加害者的行徑濾去。而若要將濾鏡除去，必須重建受害者的自信心與安全感，令受害者相信自己有脫離與對抗加害者的能力，繼而鼓起勇氣面對自己受害的事實。

蒲松雅闔上書本，書中的描述相當符合吳鳳霞的反應，可是賈道識不是吳鳳霞的父母或丈夫，沒有負擔她的生活所需，就只是個宗教領袖，不該引發盲視背叛。

但盲視背叛還是發生了，這表示兩人之間恐怕有他人所不知的關係，導致吳鳳霞只能選擇信任賈道識。

他必須弄清楚這兩人的關係，否則他們的努力都只是徒勞。

蒲松雅拿起自己的手機，先撥打一組手機號碼，被轉入語音信箱三次後改撥市內電話。

朱孝廉注意到蒲松雅的動作，好奇的靠近問：「店長，你打給誰啊？」

「胡媚兒。」

「你不是說小媚在太陽下山前不可能醒來嗎？」

「我是這麼說過，但是我需要她現在就醒來。」

蒲松雅等待胡媚兒接電話，聽了將近十分鐘的嘟嘟聲才接通，他不等對方說話就直接問道：「胡媚兒，關於吳鳳霞與賈道識之間，有什麼是妳沒告訴我的？」

胡媚兒沉默幾秒，在哈欠聲中回答：「鳳梨釋迦？我早餐不吃鳳梨釋迦……」

「誰問妳早餐吃什麼！我問的是吳鳳霞和賈道識，他們除了教主和信徒的關係外，還有什麼特殊互動？」

「嚎嗚……你突然問我我也不知道。不能問早餐吃什麼，可以問午餐嗎？」

「把妳的腦袋從食物上挪開。」

蒲松雅輕敲桌子，邊思考邊拋出自己的推測：「吳鳳霞有拿錢請賈道識轉投資嗎？」

「沒有，她只有捐錢給賈道識。」

「那她有對賈道識抱持特殊的情愫嗎？我是指迷戀之類的……」

「我想沒有，吳阿姨和她老公感情很好。她是迷信，不是迷戀。」

「她懼怕賈道識嗎？」

「我不認為……呵啊啊——」胡媚兒又打一個哈欠，懶洋洋、軟綿綿的問：「你問這些做什麼？」

「我要搞清楚吳鳳霞強迫自己信任賈道識的原因。」

「投資、特殊情緒和懼怕，會讓人類強迫自己信任騙子？」

「如果她的投資大到會影響生活，或是對賈道識抱持迷戀，又或是害怕賈道識，那就很有可能。」蒲松雅撫摸下巴道：「但是這三者她都沒有，那麼是什麼讓她對證據視而不見？」

「卡到陰？」

「她要是卡到陰，妳一定會發現吧？」

蒲松雅掐揉眉頭，試圖找出新方向。他提問：「吳鳳霞一直都很迷信嗎？」

「我印象中沒有，吳阿姨雖然會去拜拜，但也只是拜拜，她是遇上賈道識後才變迷信。」

「我不認為是賈道識讓她變得這麼迷信。」

「為什麼？賈道識把我和孝廉也騙過去了，要騙其他人類並不難。」

「普通的迷信者不會做到她那種程度，她肯定有什麼特殊的狀況……她在加入禪修會前，有碰上任何特殊的事嗎？」

「我想想……」

胡媚兒咿咿唔唔想了好一會才說：「看到我在她家廚房穿裸體圍裙煮飯？」

「為什麼妳會在別人家裡穿裸體圍裙！」

「因為我答應小赤，如果他有把當月的國考模擬考題統統寫完，我就穿裸體圍裙幫他煮早餐。吳阿姨變迷信是因為這個嗎？」

蒲松雅重拍一記櫃檯桌面，「絕對不可能是這個。想想看別的事，會嚴重影響吳鳳霞的

生活，改變她的性格的變故。」

電話那頭陷入寂靜，就在蒲松雅以為胡媚兒不小心睡著之時，狐仙總算開口了。

「劉伯伯出車禍。」胡媚兒提高音量喊道：「劉伯伯！小赤的父親劉逢劉伯伯一個半月前出車禍，他被撞成植物人，狀態一直沒好轉。」

「吳鳳霞的言行舉止在那之後有改變嗎？」

「有，阿姨變得很消沉、很暴躁，我們的關係也是在那時開始惡化。」

「而她在加入禪修會後，就恢復精神振作起來了？」

「沒錯，你怎麼知道？」

「動腦筋想就知道。」

蒲松雅抓出一張廢紙，記下自己所想到的事，邊說：「如果我的推測沒錯，吳鳳霞變得迷信，原因出在她丈夫身上。」

「劉伯伯？劉伯伯完全不認識賈道識，要怎麼讓吳阿姨相信賈道識？」

「我不知道，或者說我不確定。胡媚兒，妳知道劉伯伯住在哪間醫院嗎？我想去病房看看。」

「我記得是一間地區醫院，名字好像叫……明德？沒錯，是叫明德醫院。」

「明德醫院、明德醫院……」

蒲松雅將電腦椅滑到電腦前，把醫院名稱丟去搜尋，很快就找到醫院的主頁與地址。醫院距離書店不遠，搭公車約半小時就能到，他可以在下班後過去。

「松雅先生，你打算現在去醫院嗎？」胡媚兒問。

「我現在還在上班，走不開，但是我可以下班後過去。」

「萬歲！那我就可以繼續睡……」胡媚兒的話聲轉弱，最後變成平穩規律的呼嚕聲。

蒲松雅愣住幾秒，意識到胡媚兒睡著了，馬上對手機呼喊：「喂！喂喂妳醒醒啊！先把我家電話掛回去再睡！」

「呼……嚕……呼……嚕……」

「胡媚兒！醒來把我家電話掛好！」

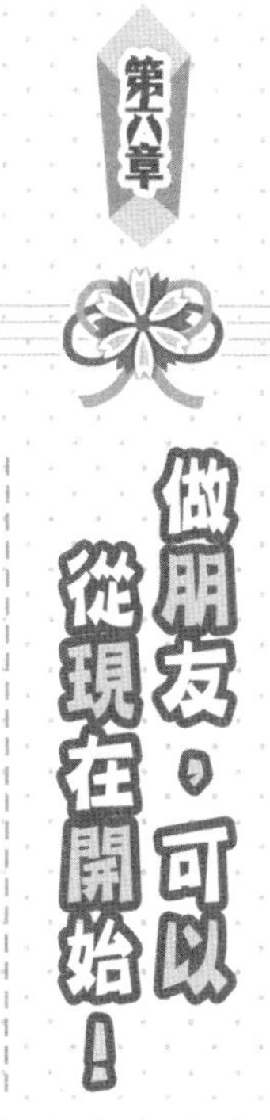

第八章 做朋友，可以從現在開始！

「嗚啊啊啊啊——」

「胡媚兒，在外面打哈欠時稍微遮一下。」蒲松雅瞪胡媚兒一眼，輕聲道：「整輛公車的人都在看妳。」

他和胡媚兒坐在前往明德醫院的公車上，車內乘客扣除他們兩人，其他全都是上了年紀的長者。

蒲松雅在下班後直奔自家公寓，將金騎士放進客廳、倒飼料餵飽貓狗，然後把胡媚兒從地板上挖起來。最後一項工作耗了他不少時間，最後是祭出愛心便當才把狐仙叫起來，出門前往明德醫院。

只是胡媚兒雖然被蒲松雅叫醒，大腦卻沒有完全清醒，在公車上時她好幾次伺機把蒲松雅的大腿當墊子躺，還恣意張大嘴巴打哈欠，導致兩人成為全車的焦點。

蒲松雅忍著拿手帕塞胡媚兒嘴巴的衝動，好不容易熬到公車到站，他扶著狐仙走下公車，來到明德醫院的大門前。

明德醫院是一間中型地區醫院，一樓大廳雖稱不上廣闊，但是明亮乾淨；中央座位區沒有坐滿，可總是能見到婆婆媽媽、小孩和老人們在椅子上等候；大廳內的志工僅有三位，不

過這三位志工親切熱情，會主動協助初診病人掛號、量身高體重與血壓。

蒲松雅和胡媚兒一踏入醫院大廳，就有一名志工上前問他們是來看病、探病，還是做健康檢查。

「我們是來探病的。」蒲松雅指指胡媚兒，「她的未婚夫的父親在這家醫院，她是來探望他的。」

志工點點頭道：「你們知道這位先生的病房在哪嗎？」

「這要問我朋友。」蒲松雅回答，同時迅速踩狐仙的腳一下。

胡媚兒瞬間脫離恍惚狀態，站直身體慌張的問：「什、什麼？發生什麼事？」

蒲松雅看出志工有點起疑，趕緊推胡媚兒一下道：「這位志工問妳，妳知不知道劉逢的病房在哪。」

「我記得劉伯伯的病房是……四樓走到盡頭的四人病房！編號是E033。」

志工臉上的懷疑沒有完全消除，抛出下一個問題：「你們有先聯絡過病人或病人家屬嗎？」

「沒……」

「我們有。」

蒲松雅蓋住胡媚兒的話聲，亮出自己的手機道：「我們在搭車來的時候打過電話，妳需要確認通話紀錄嗎？」

志工注視蒲松雅的手機片刻，手臂微微抬起，但最終還是放下手搖頭道：「不用。祝你們要探視的病人早日出院。」

「謝謝妳。」蒲松雅收起手機走向電梯。

他和胡媚兒一起進入電梯箱，人還沒站穩，耳邊就響起胡媚兒的驚呼。

胡媚兒抓住蒲松雅的手問：「松雅先生，我們根本沒有先聯絡過任何人，你為什麼要說那種謊?萬一志工小姐真的看手機怎麼辦!」

「她不會看。」

「你確定?」

「一半確定，一半不確定。」

「一半確定，一半不確定?你是在賭博嗎?嚴謹的松浦先生居然會賭博!」

「我又不是完人，難免會有賭運氣的時候。」

電梯門在蒲松雅講完話時開啟，他讓胡媚兒先出去，自己則跟在後頭。

兩人拐過兩個彎，順著走廊找到貼有「E033」的病房，推開淡綠色的門來到病房內。

長方形的病房內擺著四張病床，其中三張躺著病人，病人身邊除了醫療儀器外，還坐著親友或看護。

其中一名女看護被開門聲驚動，從雜誌中抬起頭來，在瞧見胡媚兒時露出笑容道：「小媚！妳要來怎麼沒先通知我！」

「我是臨時被抓過來的。」胡媚兒吞吞口水，抱歉的說道：「對不起，滿姨，我沒準備禮物給妳。」

「妳人來就是給我最大的禮物。」

女看護──滿姨將雜誌放到一旁的矮櫃上，拎起皮包站起來道：「我想出去買晚餐，正愁沒人代班呢，妳能幫我看個二十分鐘左右嗎？」

「當然可以！滿姨妳放心去買晚餐，我來陪劉伯伯。」

「那就拜託妳了。」滿姨揮揮手往門口走。

蒲松雅目送滿姨離去，有點意外的問：「妳們認識？」

「我們曾經一起照顧過劉伯伯。」

胡媚兒環顧病房，帶著幾分懷念道：「直到吳阿姨看到我穿兔女郎裝，禁止我私下和小赤見面為止，我都常常來探望劉伯伯。」

「裸體圍裙、脫衣舞、兔女郎裝……妳到底幹了多少誇張事？」

「哪有誇張，很多電影裡也有人做同樣的事啊。」

「妳是指A片嗎？」

「小赤說是愛情動……」

「別解釋我不想聽！劉逢的病床是靠窗的那張嗎？」

「是。」

蒲松雅走向病床，經過屏風來到床尾，在看到病床與病人的同時低喊：「搞什麼鬼！」

「什麼什麼鬼？」

胡媚兒小跑步跑到蒲松雅身邊，和人類一同陷入目瞪口呆中。

令兩人傻住的是病人劉逢——或者應該說是綁在、貼在、掛在劉逢身上與周圍的物品。

劉逢本人雙眼微開躺在白床上，在他削瘦的身軀四周，放著大大小小的羅盤、玉珮、八

卦、護貝佛卡、紅線與黃符……這些物品幾乎覆蓋整張病床，還蔓延到兩側的矮櫃和牆壁。

「我上次……上個月來的時候，並不是這個樣子啊！」

胡媚兒不自覺的拉高音量，走到劉逢的枕頭旁邊看邊問：「這是新式療法嗎？某種新開發的治療方式？」

「怎麼可能啊，妳把人類的公立醫療機構當成什麼了？」蒲松雅彎腰拿起護貝佛卡，看了一眼後遞給胡媚兒道：「妳看看這個，裡頭的人很眼熟吧？」

胡媚兒接下佛卡，看著裡頭紅衣銀簪捻葉微笑的婦人，覺得自己好像在哪看過這名婦人，接著腦中馬上浮現出禪修會的佛堂。

胡媚兒驚訝道：「這個是……是賈道識拜的寶樹夫人！」

「是寶樹菩薩。」

蒲松雅收回佛卡拍胡媚兒的額頭，再將佛卡放到矮櫃上道：「我想這些東西應該都是吳鳳霞放的。她在病人身上擺這些，醫院不會說話嗎？」

「我想醫院可能已經放棄了。」胡媚兒的臉浮起陰影，凝視瘦弱的劉逢，嘆道：「劉伯伯年紀大了，又傷得很嚴重，醫院判斷他不可能醒來，還曾經委婉的建議吳阿姨拔管，讓劉伯伯好好走。」

「吳鳳霞拒絕了？」

「她拒絕了，而且還甩醫生好幾個巴掌。」

「……難怪醫院放任她在病人身上放符、放羅盤。」

蒲松雅想像著吳鳳霞怒揍醫生的畫面，腦中忽然靈光一閃，那些零散模糊的碎片突然聚攏成清晰明亮的圖畫。緊接著，強烈的憤怒與悲傷占據蒲松雅的身軀，他的右手緊緊握拳，指尖深深刺入掌心。

胡媚兒在蒲松雅身上感受到殺意，本能的後退一步，小心翼翼的問：「松雅先生，你還好嗎？」

「我……」

蒲松雅掙扎一陣，終究壓抑不了怒火，一拳搥上牆壁。

頓時響聲迴盪整間病房，病人與看護紛紛把頭轉向窗邊，帶著恐懼與戒備注視蒲松雅。

胡媚兒被這一拳嚇到，愣住三、四秒才回神，抓下蒲松雅的手高聲問：「松雅先生你在做什麼！這麼大力揍牆壁，你的手都撞紅了！」

「我知道吳鳳霞只能相信賈道識的原因了。」

「什麼？」

「我知道吳鳳霞對賈道識的信心，為什麼會高到能扭曲認知的原因！」

蒲松雅停頓片刻，整理好情緒才繼續道：「因為她不能讓自己的丈夫死去，她需要希望，她想要有人告訴她『這樣做妳的丈夫會醒過來』，她承受不起失去希望的衝擊。」

胡媚兒的雙眼緩緩睜大，混亂的道：「可是、可是賈道識沒辦法救劉伯伯啊！他不是醫生，也沒有力量。」

「妳知道賈道識沒力量，吳鳳霞不知道。」

蒲松雅瞪著劉逢身上、身邊的各式加持物，近乎咬牙切齒的道：「人類都不知道，所以我們總是被騙，總是先看到希望，再發現一切都是謊言。」

「松雅先生？」

「聰明的人去騙人，愚蠢的人被人騙，我們人類總是這樣，奸詐、貪婪、愚笨、滿口謊言、恩將仇報、自私自利……」

「松雅先生！」

胡媚兒大聲吼斷蒲松雅的話語，抬頭凝視對方的臉問：「你還好嗎？」

蒲松雅張口又閉口，最後還是選擇轉開頭，「我沒事，只是……突然有點激動。」

「真的沒事嗎？總覺得剛剛好像有什麼黑漆漆、黏糊糊的液體，從松雅先生的身上流出來……」

「我哪會流出那麼噁心的液體！」

蒲松雅單手扠腰看向病床道：「妳現在該擔心的不是我，而是床上的這位老先生，眼前的情況可是非常棘手啊。」

胡媚兒偏頭問：「我們都已經知道問題在哪了，怎麼還會棘手？」

「知道問題和解決問題是兩碼子事。妳想想看，如果吳鳳霞盲信賈道識的原因，是希望藉由對方的力量治好丈夫，妳覺得我們要怎麼做，才能讓她脫離禪修會？」

「儘快治好劉伯伯？」

「笨蛋，那只會讓賈道識有邀功的機會，導致吳鳳霞更迷信。」

「那……儘快讓劉伯伯解脫？」

「妳想殺人嗎？」

蒲松雅拍胡媚兒的頭，瞪著狐仙：「再說，就算劉逢死了，賈道識一樣能以『妳的丈夫身陷地獄極需超渡』為由，繼續引誘吳鳳霞砸錢、砸時間。」

「治好也不是，解脫也不能……怎麼做都不對，這要怎麼辦才好？」

「所以我才說情況非常棘手。」

蒲松雅低頭望著遍布病床的禪修會商品，沉思許久後突然問：「胡媚兒，妳有辦法把劉逢找來嗎？」

「劉伯伯就在我們眼前，為什麼還要去找？」

「我指的不是劉逢的『人』，是他的靈魂、靈識、魂魄之類的，妳有辦法找來嗎？」

胡媚兒愣住幾秒，雙手一拍答道：「喔！你是問招魂術嗎？你為什麼要問招魂術？」

「因為我想請劉逢本人去說服妻子脫離禪修會。」蒲松雅指著床上一動也不動的老先生，解釋道：「但要達成這項工作，先決條件是必須先能和劉逢交談，我很肯定『這個』沒辦法和我們互動。」

「原來如此！雖然劉伯伯的身體沒辦法和我們溝通，但他的魂魄可以！」

「就是這樣。如何？妳辦得到嗎？」蒲松雅瞄向胡媚兒。

「技術上辦得到，可是……」胡媚兒皺皺眉、抓抓頭道：「這個法術本身並不困難，但會影響到陰陽兩界的人鬼，甚至擾亂因果命運，是個有嚴格限制、不能輕易動用的法術。」

「就算提出申請也不能動用？」

「申請有過的話就可以，不過不能用打電話申請，要向城隍廟交疏文。」

「疏什麼？」

「疏文。疏文是類似……類似人類的公文書、請願函、企劃書、訴狀、祈禱文。」

「我有種越聽越模糊的感覺。」

蒲松雅舉手要胡媚兒別解釋，轉頭繼續看著劉逢，「妳先去把招魂術的許可拿到，等我們和劉逢談過後，再決定下一步做什麼。」

「我回家就去寫疏文。」胡媚兒點點頭，前傾身子靠向蒲松雅問：「不過在那之前，可以請松雅先生幫我一個忙嗎？」

「什麼忙？」

「和我一起幫劉伯伯按摩。」

蒲松雅帶著幾分顧慮道：「我沒有幫病人按摩的經驗。」

「沒關係，我可以教你，先把棉被掀開……哇啊啊啊玉珮、羅盤和護身符都掉下來了！」

蒲松雅看著胡媚兒蹲下撿法器和符咒，搖搖頭，走過去幫忙道：「妳掀被子前，也先把那堆鬼東西拿開吧……小心背後！」

「哈？」

胡媚兒抬頭，這個舉動讓她的重心往後挪，身體撞到後方的矮櫃，將櫃子上高高疊起的書堆震倒，雜誌、小說、佛經、相本統統落到狐仙頭上。

▼※▲▼※▲▼※▲▼※▲

蒲松雅與胡媚兒花了近五分鐘才把書籍歸位，之所以會花這麼久的時間，不是因為書的數量驚人，而是他們驚動了同房病友與巡房的護士，費了不少時間去道歉與解釋。而當滿姨提著三人份的肉羹麵歸來時，兩人才剛按摩完劉逢的右手，開始準備按摩老先生的左手。

滿姨原本只是坐在一旁看人忙，不過她很快就被蒲松雅僵硬、不專業的動作刺激到，放下麵碗過來接手按摩。

蒲松雅被趕到一旁吃晚餐，他看著兩名女子繞著病床打轉，將劉逢翻來轉去，活動病人的筋骨，鬆軟黏結的肌肉。

胡媚兒在替劉逢按摩完後，坐下來和滿姨吃麵、話家常，待了近一個小時才和蒲松雅一同離開。

兩人走入電梯，胡媚兒按下一樓的按鈕，蒲松雅則是靠在牆上打哈欠。

胡媚兒回頭看蒲松雅，頗為意外的問：「松雅先生，現在才七點你就睏了？」

蒲松雅瞪胡媚兒一眼，闔起眼疲倦的道：「睡到下午五點，還在公車上打瞌睡的狐狸沒資格說我。我昨天……不，是今天忙到凌晨三點才睡，能撐到現在已經算好了。」

「你為什麼那麼晚睡？」

「妳為什麼吐了我一身一地？」

「……對不起。」

「下次再幹這種事，我就直接把妳丟進洗衣機裡攪。」

蒲松雅感受到電梯停下來，張開眼睛掩嘴繼續打哈欠，跨出電梯箱朝大廳出口走。

胡媚兒追在他身後，十分愧疚的道：「松雅先生，回去後我幫你按摩吧，按摩很能紓解壓力喔。」

「不用，妳離我遠點就是最好的紓壓方式。」蒲松雅一下子把速度從漫步拉至疾走。

「你怎麼這麼說！我的按摩技巧可是頗受好評，小赤、滿姨、攝影師和雜誌編輯都說我很厲害。」

「妳抗議的方向錯了吧？」

蒲松雅搖著頭穿過大廳的玻璃門，轉彎朝右方的公車站走去，他的視線不經意掃過等公車的男女，卻捕捉到某個想忘卻忘不得的人影，腳步瞬間停下。

「我抗議的……痛！」

胡媚兒一頭叩上蒲松雅的背，扶著額頭後退兩步，「松雅先生，不要突然停下來啦！這樣很危險。」

蒲松雅對胡媚兒的抱怨充耳不聞，他遠遠盯著那道人影，手腳軀幹的肌肉一寸一寸繃緊，驟然轉身朝反方向快走。

胡媚兒差點被蒲松雅撞到，先閃到一邊再追上去，「公車站不是在這個方向喔。」

「我要搭計程車回去。」

「搭計程車？為什麼？」

「沒有為什麼。」

蒲松雅瞧見有一輛計程車停在車道上，馬上由走改跑奔了過去。

胡媚兒一下子被拋在後頭，她趕緊加快腳步揮手呼喊：「松雅先生！松雅先生等我一下啊！」

「閉嘴！別喊我的名字！」蒲松雅怒吼，揮舞手臂要計程車別走。

「為什麼不能喊松雅先生的名字？」

「叫妳別喊就別喊！」

「為什麼突然不能……」

「松雅！果然是松雅！」

第三者的聲音插入兩人之間，胡媚兒與蒲松雅回頭往後看，一名白髮蒼蒼、身形微胖的男子站在他們後方十多公尺處，圓潤的臉上充滿驚喜與意外。

男子走向蒲松雅道：「沒想到會在這裡遇見你，松雅你是來看病的嗎？你要好好照顧身

體，年紀輕輕就常跑醫院可不好啊。」

蒲松雅沒有回應男子，他只是定在原地注視對方，下垂的手彷彿吊著千斤巨石，僵直、沉重又緊繃。

而胡媚兒看蒲松雅遲遲沒回話，以為對方是太累擠不出話，好心的跳出來問：「這位先生，你是松雅先生的熟人嗎？」

「當然，我是松雅的大伯，我叫蒲湘雄。」

男子——蒲湘雄回答，他好奇的看著胡媚兒問：「請問妳是……松雅的女朋友？」

「我只是松雅先生的鄰居兼朋友。」胡媚兒點一下頭微笑道：「我是胡媚兒，我住在松雅先生樓上。」

蒲湘雄被胡媚兒的笑臉迷住，呆住五、六秒才回神道：「松雅居然有這麼漂亮的朋友，他真是太幸運了。你們認識多久了？」

「大概一個月。松雅先生幫我很多忙，但我還沒有機會報答他。」

「才認識一個月，松雅就願意幫妳忙？真是稀奇。」

「這會很稀奇？我不覺得啊，松雅先生只是臉臭嘴巴壞，但其實骨子裡很溫柔，沒辦法將別人的困難置之不理。」

「真的嗎松雅！」

蒲湘雄看著蒲松雅讚許道：「這麼多年不見，你也成熟圓滑不少，你父母地下有知，一定也很感動。」

蒲松雅依舊靜默不語，他和蒲湘雄四目相對，眼神卻一點都不像在看至親，反而像在看威脅自己的掠食者。

蒲湘雄像是沒感覺到或刻意忽視姪子的感受般，繼續笑著問：「對了，你有松芳的消息嗎？這幾年我到處拜託朋友找，都沒有進一步的線索。」

胡媚兒探頭問：「松芳是誰？」

「是松雅的雙胞胎弟弟。」

蒲湘雄帶著幾分懷念的口氣道：「他和松雅長得一模一樣，不過個性比較活潑，人緣好又能幹，若不是六年前失蹤，現在應該已經大學畢業，進入大企業工作了吧。」

「松芳先生為什麼會失蹤？」

「這個我也不清楚，好像是在半夜被流浪漢襲擊，至於他半夜出門的原因……」

蒲湘雄停頓幾秒，突然低頭看手錶道：「我接下來還有行程，不能繼續聊下去了。這是我的名片，如果妳或松雅有什麼需要，不用客氣，直接過來找我。」

「謝謝。請等我一下！」

胡媚兒打開手提包，東翻西找後找出一張正面是她的半身照，背面是聯絡資料的小卡。她將卡片遞給蒲湘雄，「給你我的名片，如果你需要平面模特兒，請考慮看看我。」

「其他方面的需要也可以嗎？」蒲湘雄挑眉問。

「最好不要啦，模特兒之外的工作我都做得不怎麼樣，會讓你失望的。」

「我倒不這麼認為。媚兒小姐，很高興認識妳；松雅，我很欣慰你能交上朋友。」

「我也很高興能認識你。再見！」

胡媚兒揮手目送蒲湘雄走遠，她回過頭想找蒲松雅說話，這才發現對方的臉色已從鐵青惡化成黑青。

除了臉色外，蒲松雅的其他部分看起來也相當不妙，他的肩膀異常緊繃，手指彎曲如鳥爪，兩條腿微微顫抖，看起來隨時都會倒下。

胡媚兒嚇一大跳，靠向蒲松雅焦急的問：「松雅先生！松雅先生你還好嗎？」

「……」

「松雅先生！松、雅、先、生！」胡媚兒舉起手在蒲松雅面前揮舞。

胡媚兒的手臂與手中的名片同時映入蒲松雅眼中，他立刻被名片上小小的黑字刺中心口。蒲松雅猛然扣住胡媚兒的手腕，把名片硬扯下來，然後將印著姓名、電話、職稱的紙卡扯成碎片。

胡媚兒被蒲松雅殺意奔騰的動作嚇傻了，直到對方將名片屍體灑到地上，才回過神驚愕的問：「松雅先生你在做什麼！要銷毀也等我把電話存……」

「妳敢存就別再來找我！」

蒲松雅發出近乎怒吼的警告，甩頭走向路口攔計程車，粗暴的拉開車門坐進去。

胡媚兒在蒲松雅關門的前一秒，趕到車邊用手擋住車門。

蒲松雅馬上抬頭狠瞪對方，手指緊扣門把，一點鬆手讓狐仙上車的意思都沒有。

胡媚兒本能的往後縮，但她沒有將手收回去，而是透過不足一掌寬的開口注視蒲松雅，努力擠出笑容道：「松雅先生，我們住在同一個地方，可以一起搭計程車回家。」

「……」

「我會出一半的錢，我今天帶的錢比上次吃西餐時多上一倍。」

「……」

「如果要我出全部的錢也可以。」

「……」

「松雅先生……松雅先生拜託你說說話啊！」

胡媚兒可憐兮兮的俯望蒲松雅，蒲松雅殺氣騰騰的回瞪胡媚兒，兩人在車內車外對望數分鐘。最後是殺氣眼不敵小狗眼，人類放開手退到車後座另一頭，讓狐仙坐至車內。

只是蒲松雅也僅讓胡媚兒上車，他一路上沒有給狐仙一句話、一個注目，將對方當成不存在的空氣，任憑對方陪笑、扮蠢、撒嬌或耍賴，統統不做回應。

計程車內的空氣因此凍結，短短十五分鐘的車程長得像一百五十分鐘，當蒲松雅與胡媚兒下車時，計程車司機甚至偷偷鬆一口氣。

▼※▲▼※▲▼※▲▼※▲

蒲松雅打開一樓大門，他沒有去看胡媚兒有沒有跟上，一腳踏兩階快速爬上三樓，將鑰匙插進門孔中，以扭斷他人脖子的氣勢開門鎖。

他用力拉開再甩上自家鐵門，聽著嚇壞一家毛小孩的巨響，站在門前直至響聲散去，才緩慢的往後靠，讓背脊緊貼在冰冷的合金門上。

吸氣、吐氣、吸氣、吐氣……

蒲松雅不知道自己靠著門深呼吸了多久，只知道當他回過神時，耳朵已被綿長響亮的門鈴聲占滿。

蒲松雅轉過身掩耳看門上的貓眼，小小的圓洞裡鑲著胡媚兒的臉。

他瞪著那張臉，正在猶豫要開門還是去拆門鈴時，胡媚兒的臉忽然消失，同時大門開始劇烈震動。

蒲松雅愣住兩秒，才意識到胡媚兒採用暴力開門法，他先感到不可思議，接著馬上想到外頭的是妖，不是人，要把門扯下來完全有可能。

「胡媚兒！」

蒲松雅氣急敗壞的打開內門，隔著鐵條怒視胡媚兒道：「妳想對別人家的門幹什麼！」

「開門。」胡媚兒回答。

她維持雙手抓門把、翹起屁股使力拔門的姿勢，仰著頭看蒲松雅問：「松雅先生，可以讓我進去嗎？」

「為什麼？」

「因為、因為……」胡媚兒支支吾吾好一會都吐不出答案，直到瞧見蒲松雅作勢要關門，才緊急生出藉口道：「我、我餓了！但是我家沒食物，我想來你家吃飯！」

「妳半個小時前不是才吃掉一碗肉羹麵嗎？」

「那是點心，填不飽肚子啦！」

「那麼大碗最好是點心！」

「對我來說就是點心啊！」

胡媚兒雙手合十，低頭請求：「拜託讓我進去啦，我會付你伙食費，也會幫忙洗碗。」

蒲松雅無言的注視胡媚兒，他想把門重重關上，想回到安全、寂靜且孤獨的避難所，想像以往一樣武裝自己。

然而他明明這麼想，手卻在不知不覺間將門鎖打開。

蒲松雅冷著臉道：「我家現在只有泡麵、剩飯剩菜和貓狗便當。」

「這些就夠了，我只要是食物都吃，就算只有貓狗飼料我也可以。」

「我不可以。」

蒲松雅果斷回答，隨即轉身拉開紗門穿過客廳進入廚房，打開冰箱拿出昨天吃剩的炒高麗菜、竹筍炒肉絲和醃黃瓜，再從櫃子裡抓出兩包泡麵，燒開水後，把黃瓜以外的食物統統丟入鍋中。

在他煮大雜燴泡麵時，客廳非常熱鬧，狗吠、貓叫、狐鳴此起彼落，彷彿是一鍋沸騰咕咕叫的水。不過，這鍋水在蒲松雅踏出廚房瞬間冷卻，兩貓一狗一狐仙在同一時間閉上嘴巴，仰起頭朝人類送出「你看我很乖」的訊息。

蒲松雅看了小動物們一眼，本想質問牠們在嘰嘰喳喳什麼，但最後什麼都沒問，僅是把大碗公放到桌上，「胡媚兒，別穿著裙子坐地上，很難看。」

胡媚兒急急忙忙跳起來，拉平裙子坐到椅子上，聞聞面前熱騰騰的泡麵，稱讚道：「好香！松雅先生的手藝還是那麼好！」

「我只是把昨天的食物全部丟進去。」

蒲松雅走到沙發前坐下，打開電視看著方框裡的藝人嬉笑怒罵，喧鬧大笑聲迴盪在梁柱間，可是他的臉上卻沒有一絲笑意。

兩小時的綜藝節目不知不覺播完，蒲松雅站起來伸展筋骨，頭一轉便看到胡媚兒捧著空碗坐在餐桌前，痴痴的注視著電視上正在播放的餐廳廣告。

蒲松雅走到胡媚兒身後，拍一下狐仙的肩膀道：「喂，妳打算在我家坐多久！」

胡媚兒肩膀一震，從椅子上彈起來，睜大眼睛看蒲松雅。

「別發呆，吃飽了就回去，別賴在我家看電視。」

「我、我……」

「我什麼？」

「我……我把碗洗好就回去！」胡媚兒抓著碗公跑向廚房。

妳把碗放著就好——蒲松雅很想這麼說，但是廚房裡已響起水聲，再想想洗個碗也不過兩、三分鐘的事，於是便回到沙發上看夜間推理劇場。

在兩個廣告時間後，蒲松雅因為口渴起身找水喝，雙眼不經意的掃過廚房，瞧見胡媚兒背影。他倒水的動作頓時停滯，轉頭看時鐘，再回頭望廚房，放下水壺直奔廚房喊道：「喂胡媚兒，妳一個碗洗上半小時是在洗什麼啊！」

「咿！」

胡媚兒急轉身面對蒲松雅，手中的水與泡沫在離心力下散開，噴到人類的身上。

蒲松雅看看自己胸口上的泡沫，以及自家水槽裡的泡泡山，嘴角抽動兩下，問：「妳在玩嗎？」

「我沒有！我只是……我馬上把碗洗好！」

胡媚兒抓起碗與菜瓜布，將水龍頭開到最大，拚命將泡泡山沖進排水管裡。

最後，胡媚兒只花三十秒不到就完成這個工作，她捧著晶晶亮亮、乾乾淨淨的碗對蒲松雅道：「你看，很乾淨吧！」

蒲松雅盯著大碗公，看起來隨時有可能拿碗公砸狐仙的頭。

胡媚兒感受到蒲松雅無言的威脅，放下碗，低下頭道：「對不起我用太多水了。」

「……」

「也用太多泡沫與太多時間。」

「……」

胡媚兒怯生生的抬頭問：「我還有多用什麼？」

蒲松雅的太陽穴一陣抽痛，雙手抱胸極度不耐煩的問：「那些都不是重點吧！妳到底要賴在我家多久？」

胡媚兒抖一下肩膀，可憐兮兮的望著蒲松雅片刻，前傾身子小聲問：「我今晚可以留宿嗎？」

蒲松雅的腦袋空白兩秒，接著拔高聲音問：「妳說什麼！」

「我、我想在你家過夜……」

「為什麼！」

「因為、因為……」

胡媚兒被蒲松雅吼得六神無主，咿咿呀呀好一會都想不出解釋。

蒲松雅的怒氣因此高漲，傍晚累積到現在的煩躁、驚恐與憤怒頓時引爆！他向前踏一步，正準備揪人並破口大罵時，右手手掌突然被個毛茸茸的東西頂起來。

金騎士不知何時踏入廚房，將頭放在蒲松雅掌下，讓身體緊靠主人的右腿。

除了黃金獵犬外，花夫人和黑勇者也進到廚房中，牠們站在胡媚兒與蒲松雅之間，仰著頭注視主人。

小動物的出現壓抑了蒲松雅的怒火，提升了胡媚兒的勇氣。狐仙深吸一口氣，迎上人類的目光道：「我覺得松雅先生今天出醫院後，整個人就很不對勁，我不能放你一個人。」

蒲松雅腦中浮現醫院外的對話，在自己二度凍結前強行抹去畫面，道：「我家不只我一個人。」

「不對，松雅先生家裡只有一個人。」胡媚兒垂下頭望向小動物們，「騎士、夫人和勇者雖然都很愛你也很擔心你，但是牠們沒辦法和你說話，只能在旁邊乾擔心。」

「我不需要和牠們說話，牠們只要待在屋子裡就夠了。」

「可是牠們想，這樣牠們才能知道你怎麼了。」

胡媚兒大膽握住蒲松雅的手，直視對方的雙眼道：「我也是，我也想知道松雅先生為什麼會忽然不正常，我想幫助你。」

蒲松雅本能的想閃避，但是他強迫自己穩住，拋出尖銳的反擊：「妳是想探聽別人的八卦吧？」

「我不是，你很清楚我不是。」胡媚兒一反迷迷糊糊、總是求饒的表現，嚴肅認真的道：「你幫了我很多，所以我也想幫助你，所以我想知道讓你痛苦的原因。」

有那麼一瞬間，蒲松雅被胡媚兒真摯的話語軟化，但是過往的記憶馬上浮現，警告主人輕易吐露真心、依賴他人會導致什麼後果。

那些自稱是蒲家親友的人，利用他的信賴，將他珍愛的事物全部奪去，就連一向堅強無畏的弟弟松芳也……

背叛、欺騙、利用與得手後的嘲笑，蒲松雅清楚記得這些人的嘴臉，也發誓絕對不要再經歷一次。

「妳以為自己是誰？」

蒲松雅將冷酷的面具戴回臉上，雙手抱胸毫不掩飾自己的輕視。

「心理諮商師？天使？還是聖母瑪利亞？不過是一隻連報恩都要人類幫忙的狐狸，居然大言不慚的說『我想幫助你』。」

「這和我是誰沒有關係，我是松雅先生的朋友……」

「我和妳很熟嗎？」

「什麼？」胡媚兒愣住。

「我說——我、和、妳、很、熟、嗎？」蒲松雅一個字一個字的問，挑眉抬高下巴瞪著狐仙道：「我們不過認識三個月不到，而且幾乎每次見面都是妳主動纏上我，談的做的也全都是妳的事，妳不了解、也不曾想了解我。」

「我知……」

「妳知道什麼？我的名字、職業、年齡、住址？然後呢？妳知道我有哪些家人嗎？明瞭我喜歡什麼、厭惡什麼，在乎什麼、不在乎什麼嗎？曉得我在什麼情況下會動怒、會息怒嗎？」

胡媚兒縮一下肩膀道：「這些事我不是很清……」

「妳根本什麼都不清楚！」

蒲松雅砍斷胡媚兒的話聲，伸手戳狐仙的胸口道：「明明什麼都不清楚，就別大言不慚的說『我是你的朋友』。人類對朋友的定義可沒有妳想的那麼膚淺，妳不是我的朋友，我從來沒把妳看作朋友過！」

胡媚兒的雙眼瞬間瞪大，像是被鋼矢一箭穿心般，臉色蒼白、身體微微晃動一下，盯著

蒲松雅一個音都發不出來。

結束了……蒲松雅在心中低語著。他伸手將碗公放到滴水盤上，低著頭、不帶感情的道：「聽懂了就給我滾，別把我家當旅館。」

胡媚兒沒有答話也沒有移動，只是維持相同的表情與站姿在原地凍結。

蒲松雅拋下胡媚兒離開廚房，他窩回客廳沙發上，將電視的聲音轉大，抱著洋芋片的袋子看方框裡的藝人打鬧說瘋話。

他放任零食與膚淺的言語塞滿身體，沒去注意時間與周圍的變化，直到電視機「啪」一聲關閉，才從紛紛擾擾的演藝圈中歸來，驚覺胡媚兒就站在沙發邊。

胡媚兒手裡握著遙控器，她將遙控器放到茶几上，轉身面對蒲松雅。

蒲松雅迎上胡媚兒的視線，本以為會在對方的眼中看到憤怒、痛苦、不滿……諸如此類的激烈情緒，然而狐仙水亮圓潤的眼中只有冷靜。

這讓蒲松雅很驚訝，也很戒備。

他先發制人，盯著胡媚兒冷聲問：「妳怎麼還沒走？」

胡媚兒默不作聲，她緩慢的蹲下來，過程中雙眼從未離開蒲松雅的臉。

蒲松雅本能的感受到危險，起身想要拉開兩人間的距離，卻在撐起身子的同時被胡媚兒按住肩膀壓回去。

他的腦袋空白半秒，回神後大動作揮開狐仙的手罵道：「妳到底想幹什麼！再胡鬧下去我要報警了！」

胡媚兒依舊沉默，她的左手撐在沙發椅上，右手伸向蒲松雅的脖子，在扣住人類的同時，把對方往自己的方向拉。

蒲松雅嚇一大跳，直覺認為胡媚兒是想勒自己的脖子，僵硬一秒後立刻奮力掙扎。

胡媚兒因此後退了一些，不過她馬上重新壓上去，憑藉累積百年的怪力硬是將人類死死扣住。同時，她的左手也伸了出去，圈住蒲松雅的腰，把人圈禁在自己的懷中。

蒲松雅不習慣如此親密的碰觸，血氣瞬間往頭上衝，他擠出所有力量推拒與怒吼：「胡媚兒妳……」

「對不起。」胡媚兒摟緊蒲松雅的脖子與腰，閉上雙眼重複道：「對不起，松雅先生對不起。」

蒲松雅整個人瞬間僵住，大腦中負責翻譯語言的區域突然罷工，無法理解耳邊簡短且真

摯的話語。

「你說的對，我太小看『朋友』了。」

胡媚兒將頭輕靠在蒲松雅的肩膀上，因為羞愧與自責而微微顫抖，「我明明不了解你，明明總是單方面接受你的幫助，明明沒做過朋友應該做的事，卻大言不慚的說自己是你的朋友。對不起！非常非常對不起，請原諒我。」

蒲松雅慢慢恢復思考能力，但是身體還是硬得像石頭。

對不起？原諒她？胡媚兒在說什麼？他剛剛可是說了極其尖銳、狠毒、不留情，就算被當場甩巴掌都不奇怪的話，而這隻蠢狐狸聽完後的反應居然是向他道歉？

「我是個自大的笨蛋，請你幫忙時老是惹你生氣，想幫你忙時還是讓你生氣，你一定覺得和我在一起根本是活受罪，恨不得能把我甩得遠遠的。」

蒲松雅的手往下滑，握拳壓在沙發椅上。沒錯，他很想快點結束這愚蠢的報恩，想儘早把胡媚兒踢回樓上，想回到一人一狗兩隻貓的生活，除了工作、維持生活基本需求外，不和其他人類接觸。

人類的擁抱很溫暖，嘴裡的言語很甜美，但也僅止於此，他不會再被迷惑，絕對不會。

所以放開他，現在、立刻、馬上放開他！

胡媚兒隱約感受到蒲松雅的拒絕，她的手臂稍稍鬆開片刻，接著再以比先前大上兩倍的力氣抱緊人類。

蒲松雅肺部的空氣一下子被擠了出來，他痛得罵髒話，衝著胡媚兒怒吼：「妳想掐死我嗎混蛋！」

「我想和松雅先生做朋友！」

「哈？」

「我、我……」胡媚兒抓緊蒲松雅的上衣道：「我知道自己很笨、很煩，除了法術之外什麼都做不好，沒辦法自己報恩，還老是惹你生氣，但即使如此……即使如此我還是想成為你的朋友。」

「妳在說什麼……」

「我很喜歡松雅先生。」

胡媚兒將額頭抵在蒲松雅的肩頭上，努力驅使笨拙的腦袋表達自己的意思，「我不知道你的家人，不太清楚你喜歡或討厭什麼，也不懂自己為什麼老是惹你生氣，可是……可是我

很仰慕你，你很聰明、果斷、冷靜，還燒得一手好菜。」

「……」

「而且最重要的是，你是會把陌生人的困難放在心上，溫柔、富有同情心的好人，儘管脾氣有點不好，但是我認為那是松雅先生的個人特色——雖然我挺怕這個特色的。」

胡媚兒深吸一口氣，將自己的心情整理好後，以最誠懇認真的態度道：「所以請再給我一次機會，這次我會好好了解你，不會輕忽『朋友』的重量。」

蒲松雅沒有回話，他處在驚訝與混亂中。

胡媚兒正面接下他所拋出的言語之刃，但是卻以正面的態度去理解與接受，然後給出蒲松雅想都沒想過的回應：我認同你所說的一切，但我還是想當你的朋友。

天真、直率、樂天，以及不知該說是愚昧還是堅強的勇敢——胡媚兒是蒲松雅最不擅長對付的類型，而他竟然到現在才察覺到。

早知如此，當初就別拎這隻狐狸進門，打電話叫動保處來處理就好了。

孽緣啊……

蒲松雅疲倦的闔上眼，舉起手輕推胡媚兒一下問：「妳勒夠了沒？」

胡媚兒愣了一下，澄清道：「我不是勒，是抱。」

「妳的力道分明就是勒。」

「才不是！我只是怕松雅先生逃走，所以才稍微用力了一點。」

「妳哪是稍微用力，根本是想把我勒死！我不會逃跑，快點把手放開。」

「……真的？」胡媚兒質疑的問。

「妳都把我逼到牆角了，我還能逃去哪？」蒲松雅反問。

他在胡媚兒鬆手後先整理一下衣服，接著馬上伸手掐住狐仙的臉頰左右拉扯。

「嗚嗚、嗚啊啊！好痛……松松、松雅先生！痛啊——」

「仗著自己是妖怪力氣大，就把我硬壓在沙發上說一堆廢話，這是哪門子的道歉法啊！白痴狐狸！」

「啊、啊……對不、對不起唔唔——」

蒲松雅拉扯了將近五分鐘才鬆手，蹺起腳看胡媚兒跪在地上揉臉頰。

胡媚兒捧著雙頰，淚眼汪汪的抬頭道：「松雅先生下手好重……」

「不爽的話就和我絕交啊，我不在乎。」

蒲松雅挑眉冷笑，他拿起遙控器對準電視，手指壓在開關鍵上，卻遲遲沒有按下去。

胡媚兒注意到蒲松雅的停頓，眨眨眼靠過去問：「松雅先生，你不開電視嗎？」

蒲松雅張口再閉口，反覆幾次才道：「我憎恨我的親戚。」

「你是說蒲湘雄先生嗎？」

「不只，是全部的伯伯和叔叔。」

蒲松雅停頓幾秒，按下遙控器開關鍵，「不過，我才不要告訴妳為什麼。」

胡媚兒先是傻住，接著緩緩揚起嘴角，搖搖頭微笑道：「沒關係，等你把我當成朋友後，再告訴我為什麼。」

蒲松雅瞪胡媚兒一眼道：「我先聲明，別抱太大的期待，妳完全不是我喜歡的類型。」

「我會努力！」

胡媚兒雙手握拳用力點頭，然後站起來拍拍裙子，坐到蒲松雅身邊問：「對了松雅先生，我今天能在你家過夜嗎？」

「我家給人睡的床只有一張，妳要留宿的話去睡沙發。」

「沒問題！松雅先生家的沙發很好睡。」

「……前言撤回，妳給我睡地板。」

「欸欸怎麼這樣！」

「不爽的話就和我絕交啊。」

胡媚兒咬唇盯著蒲松雅的側臉，仰起頭朝天花板大叫：「松雅先生是壞人人人人──」

第七章

誤入冥界城隍府還被附身？

雖然人類已經擁抱科學超過百年，但是仍有些問題無法靠人力與科技解決，譬如姻緣、功名考試、財運福祿以及公平公正。隨著時代進步，這方面的問題越來越嚴重，人們甚至只想尋求神佛的幫助。

姻緣歸月老看顧，功名考試有文昌帝君，財運福祿靠福祿壽三君，而公平公正則歸城隍廟所管。

城隍是派駐人間各地的司法神與守護神，地位類似古代的知府，除了論斷死去之人的罪，也接受活人的請託，無論是遭受冤情迫害或是遭遇天災損害，都可以向城隍爺求助。

時至今日，儘管地方官上任時已不到廟中祭祀報備，城隍廟依舊香火鼎盛。

處於新式大樓與古色老街間的城隍廟一如往常被信徒包圍，門前的香爐香煙繚繞，殿內殿外都是前來參拜的男女，擲筊聲與祈禱之語在梁柱間繚繞，交錯的聲響、芬芳的沉香令來訪者不知不覺靜下心來。

不過，這僅限於自願前往城隍廟的人。

蒲松雅站在廟口，抬頭注視暗紅色的飛簷，低喚：「胡媚兒。」

「是！我在，松雅先生有事嗎？」胡媚兒回答，她左手拿著麥芽地瓜，右手是僅剩三分

之一杯的杏仁茶，嘴角沾著紅豆餅的餡料。

蒲松雅的嘴角抽搐兩下，嘆一口氣問：「我可以向妳確認一件事嗎？」

「當然！你想確認什麼？」

「妳今天下午約我出來時，說的是『一個人逛迪化街好寂寞，希望松雅先生陪我逛街』，是這樣沒錯吧？」

「是啊，而且我花了五十分鐘，打了七次電話才約成功。」

「那我果然沒記錯。」

蒲松雅嘴角的抽動等級上升。

胡媚兒對蒲松雅的不滿渾然不知，咬一口竹籤上的麥芽地瓜，幸福的搖晃身體道：「松雅先生，你要吃地瓜嗎？這個真的好好吃，不愧是網路上推薦的……」

「……地瓜什麼的不重要啦！」

蒲松雅揮開地瓜，看著立於自己正前方的城隍廟問：「逛街就算了，為什麼我必須陪妳來找宋燾公啊！」

「嗚！」胡媚兒縮一下肩膀，偏頭想了一會，問：「因為我請你吃了很多攤？」

「吃很多攤的人只有妳吧！」蒲松雅伸手彈胡媚兒的額頭，轉身向後走道：「該逛的都逛完了，我要回家了。」

「等一下松雅先生！」

胡媚兒趕緊抓住蒲松雅的手，左看右看好一會才擠出話來：「城隍廟……迪化街的城隍廟很有名喔，來了卻沒進去拜一拜就和沒有來一樣，所以我們就進去拜一拜，拜一拜就好！」

「這話如果是其他人說，我信；但若是妳說，我完全不信，妳進城隍廟絕對不是拜拜那麼簡單！」

「我不……」

「別想扯謊，妳說謊技巧太差了，三歲小孩都能看穿。」

胡媚兒像是被地瓜噎住一般，雙頰漲紅困窘的注視蒲松雅，掙扎片刻後低頭道：「其實我是要到廟裡找熹公大人。我上週燒疏文給熹公大人，熹公大人工作忙，這週才有空回覆我。」

「他不能用電話回覆嗎？」

「疏文不能以口頭回覆，而且熹公大人說有事要當面和我討論。」

胡媚兒將手裡的地瓜塞給蒲松雅道：「放心！這不會花多少時間，請松雅先生在正殿裡等我，我在你擲完三個筊之前就會回來！」

「妳要我帶著吃到一半的食物去拜神？」

「沒問題，熹公大人不會在意的！」

「就算宋熹公不在意，廟裡其他人也會講話吧？」

「不會的、不會的！松雅先生待會見！」胡媚兒不等蒲松雅回話就轉身往人群裡鑽，不到兩秒便跑得不見人影。

蒲松雅瞪著胡媚兒消失的方向，嘆一口氣，把飲料、地瓜集中到一個塑膠袋內，拎著食物走向城隍廟。

如果是過去，蒲松雅九成九會拋下胡媚兒回去，不過今天他並不打算這麼做。

為什麼？難道他喜歡上胡媚兒了嗎？

絕非如此，他之所以無法拒絕狐仙的請求，是因為他家的貓狗不會容許主人這麼做。

這一切要從兩週前胡媚兒的朋友宣言說起。

兩個禮拜前，蒲松雅在醫院外偶遇大伯蒲湘雄，導致他在胡媚兒面前情緒失控，為了保護自己而對狐仙說出「我從來沒把妳看做朋友過」這句暴語，卻得到「我想和松雅先生做朋友」的回應。

胡媚兒很快就將言語化為實際行動，她變得更熱情、更黏人，不是拚命拉人類出門散心遊玩，就是照三餐打電話問蒲松雅今天心情如何、過得好不好。

蒲松雅好幾次都想對著話筒或胡媚兒的臉大吼：「煩死了我又不是小學生！」

然而，只要他一動怒或拒絕狐仙的邀約，就會遭到家中毛小孩的群起抵制：金騎士趴在地上拒絕和他一起去上班，花夫人整天窩在冰箱上用屁股面對主人，黑勇者直接離家出走……

蒲家的貓和狗堅定的站在胡媚兒那邊，迫使牠們的主人只能配合狐仙的朋友遊戲。

「枉費我天天幫牠們梳毛、備餐，居然胳膊向外幫那隻笨狐狸！可惡的胡媚兒，一定是妳帶壞我家小朋友！」

蒲松雅咬牙喃喃自語，在心中把胡媚兒罵過兩輪，抬起頭注視稍遠處狹小、但人潮密集的廟宇低語：「不過難得來一次，就進去拜一拜吧。」

蒲松雅踏入廟中，先到金紙鋪買金紙和香，再走去點香處排隊等點香。

點香隊伍消耗得很快，不到兩分鐘就輪到蒲松雅了。不過，在他準備點燃香時，後頸突然感到一陣刺痛。他本能的回頭往後看，後頭只有排隊的婆婆媽媽，且以她們的身高，要刺中他的脖子有相當的難度。

蒲松雅皺眉轉回正面，將三炷香點燃，然後再次感受到相同的疼痛。

這回他馬上就向後轉，但同樣的什麼也沒發現，正覺得莫名其妙時，刺痛轉移到右肩上。他的視線隨即往右轉，落在一面陳舊但整潔的牆面上。

這面牆和廟裡的其他面牆不同，沒有雕刻或張貼告示，也不見人物彩繪與其他裝飾品，只有一扇黑門鑲在牆中央。

蒲松雅的注意力被黑門所吸引，握著香凝視門扉，直到被後頭的歐巴桑拍肩才回神。

「少年仔，你要在這裡站多久?後面很多人在等耶。」

「抱歉。」

蒲松雅離開點香處，先是看看稍遠處的神壇，再看看那扇神秘的門，在好奇心的驅使下走向黑門。

他伸手握住門把，遲疑幾秒後扭動門鎖，輕輕鬆鬆便打開黑門。

蒲松雅瞄瞄左右，確認廟裡的志工和信眾都沒往這兒看後，才跨過門檻走進門內。

然後，他就因眼前的景象，整個人傻住了。

黑門內是一條綿長到看不見盡頭的走廊，走廊筆直如箭，大理石地板、深藍色牆壁與金色的雕花窗框光明亮麗，與門外的百年廟宇截然不同。

就算城隍廟和隔壁的大樓相連，也裝不下這麼長的走廊，更別說這兩座建築物根本沒貼在一起。

這真是太詭異了……

蒲松雅環顧左右，對自身的安全顧慮迅速壓過好奇心，他轉身打算縮回門外，這才發現黑門不見了。

黑門不見了，取而代之的是無止境的長廊。

「喂！那邊那個男的！你是誰！在這邊做什麼？」

怒吼聲同時敲響蒲松雅的耳朵，他肩膀一震，望向聲音來源，瞧見兩名西裝筆挺的男性從走廊另一端跑過來。

這兩名男人一個又高又瘦、皮膚蒼白，另一個又矮又胖、膚色深黑，兩位的身高、體重、五官皆不同，但臉上的表情驚人的相似——驚訝、緊繃與戒備。

蒲松雅立刻舉手回答：「我只是來拜拜的。」

「拜拜？」黑黑胖胖的男人問，隨即高舉手裡的虎頭牌子厲聲道：「你當我們是蠢蛋啊！拜拜怎麼可能拜到這裡，老老實實的交代你是哪來的！」

「從迪化街走過來的。」

「別給我打哈哈！范爺我可不是能隨便打發掉的存在，像你這種騙子鬼……」

「……無救。」白白瘦瘦的男人打斷同伴的怒罵，輕搖羽扇柔聲道：「我看這位先生口氣誠懇，不像在說謊。」

「口氣什麼的可以裝啦！平安你和我當差當這麼久，見過的誠實騙子鬼還不夠多嗎？」

「但是……」

「沒有但是！把這傢伙綑回去抽兩三下，他自然會乖乖講真話。」

白白瘦瘦的男人蹙眉，正欲答話時，第三者的聲音驟然插入。

「松、松雅先生！在那邊的是松雅先生嗎？」

胡媚兒的話聲從遠處傳來，她端著水杯站在十多公尺外，嬌小的臉因詫異而凍結。

包圍蒲松雅的黑胖子與白瘦子同樣訝異，雙雙指著人類問——

「小媚，妳認識這個騙子鬼？」

「媚兒，這位是妳的朋友嗎？」

「是我的朋友沒錯！」

胡媚兒小跑步來到三人身邊，插進黑胖子與白瘦子之間問：「松雅先生，你是怎麼進到府裡的？」

「怎麼進？打開門就進來了啊。」

「打開門？」胡媚兒、黑胖子與白瘦子同聲問。

「我看到一扇黑色的門，打開後就進到這兒了。」

蒲松雅被三雙眼盯得渾身發癢，放下發疼的手道：「未經主人同意就亂開門是我不對，我道歉，所以可以讓我走了嗎？我真的很想回去，只是找不到門才待在這裡。」

狐仙與胖子、瘦子沒有回話，只是繼續盯著蒲松雅，像是聽到什麼世紀驚奇大發現。

終於，胡媚兒打破沉默道：「松雅先生，這裡是冥界的城隍府，一般的人、妖與靈體除非手上有入府牌，或是受城隍爺召喚，要不然就算是擠破頭也進不來。」

「可是我進來了。」蒲松雅指著自己道。

「你進來了。」

胡媚兒點點頭重複，轉向黑胖子和白瘦子問：「范將軍、謝將軍，最近城隍府的結界有故障嗎？」

「怎麼可能會有！妳當我們是人間的企業行號啊？」

「結界上週才由保安司維護過，我不認為會有故障。」

白瘦子的視線掠過蒲松雅，朝人類伸出手道：「不過既然來者是小媚的朋友，那我想我們不用反應過度。你好，我是謝平安，在城隍府中擔任捕快一職。」

「我是蒲松雅，在秋墳二手租書店擔任店長。」蒲松雅握住謝平安的手，突然停頓幾秒後，驚問：「等等，所以你是七爺？七爺八爺中的七爺？」

「當然是！」黑胖子——八爺范無救插話，拍拍胸脯道：「我們是誰，看一眼就認得出來啦，哪還需要問！」

「看不出來。」蒲松雅誠實回答。他不認為有人能把「一胖一瘦的西裝男」和「一胖一瘦的七爺八爺」連在一起。

「你說什麼麼麼麼麼——」范無救撲向蒲松雅。

謝平安趕緊抓住同伴道：「無救夠了，我們還有工作要做，蒲先生就交給小媚處理，我們快點走吧！」

范無救暗罵一聲，用虎牌指向蒲松雅的臉道：「這次就饒過你，等你上奈何橋再找你算帳！」

蒲松雅目送七爺揪走八爺，皺起眉輕聲道：「用智慧型手機就算了，還穿西裝去抓人？」

「因為時代改變了啊，不過必要時他們還是會穿官袍。」

「必要時？」

「受閻羅王召見的時候。」

胡媚兒勾住蒲松雅往前走，「好了好了，別站在這裡，跟我到熹公大人的辦公室，等我們談完了，我再送你回去。」

胡媚兒將蒲松雅帶到一扇紅木門前，打開門後先讓他進去。

蒲松雅踏進房內，對於城隍爺的辦公室長得像一般企業主管的辦公室，他毫不驚訝。

胡媚兒走到靠牆的沙發椅前坐下道：「燾公大人還在審案，所以要我們先在辦公室等他。」

「會等很久嗎？」

「大概還要二十分鐘。不過你不用擔心，人間和冥界的時間流動速率不一樣，就算我們在這邊等上二十小時，外頭的世界也只前進一個小時喔。」

「我一點也不想在這邊等上二十個小時。」

蒲松雅低語，從背包中翻出看到一半的小說打發時間。

宋燾公在十多分鐘後踏入辦公室，他身上穿著與城隍爺神像相同的袍子，只是沒蓄鬍子，且金冠也沒戴在頭上，而是拿在手中。

「終於結束了……死不悔過的有錢混帳統統給我下地獄去吧！」

宋燾公一面說著城隍爺不該講的字句，一面把金冠拋到沙發椅上。他很快就看見蒲松雅，挑起單眉意外的問：「咦，你也在？」

「我跟胡媚兒來的。」蒲松雅回答，他明知無理卻仍直盯著宋燾公的臉。

宋燾公明白蒲松雅在看什麼，指指自己的臉主動回答：「我和我弟與你們兄弟不一樣，不是雙胞胎，我們長得完全不一樣。」

胡媚兒搖頭道：「也沒到完全不一樣的地步啦！燾公大人只是骨架比小正大，五官比小正深，皮膚比小正黑，眼睛比小正銳利，嘴唇比小正薄，看起來比小正凶而已。」

蒲松雅翻白眼道：「聽起來兩個人完全不一樣啊。」

「欸欸欸！」

「哈哈哈，這就是小媚啊！」

宋燾公拉開辦公椅，翻開桌上的黃皮書道：「閒聊到此為止，該談正事了。小媚，關於妳的招魂術申請……」

胡媚兒睜大眼睛，期待的望著宋燾公。

宋燾公盯著黃皮書道：「……駁回！」

胡媚兒愣住兩秒，從椅子上彈起來問：「什麼！為什麼會駁回？」

「因為沒有必要。」

「怎、怎麼會沒有必要！這會決定我能不能成功報恩啊！我、我我我……」

蒲松雅見胡媚兒開始語無倫次，主動開口問：「焘公大人，可以請你解釋一下嗎？」

「我找你們就是要解釋這個。」

宋焘公望向狐仙道：「小媚，妳申請使用招魂術的對象——劉逢，其實兩週前就該斷氣了。」

「劉伯伯兩週前就該死了？」

「生死簿上記載，他的陽壽只到五月十號，但今天已經二十四號了，他仍滯留陽間，拒絕跟陰差走。」

蒲松雅問：「人類可以拒絕陰差？」

「一般來說不行，但是如果死者對陽世有強烈的執念，或是做了許多功德與修行，那麼多少可以延長自己的陽壽。」宋焘公聳聳肩膀道：「不過我不建議你這樣幹，靠執念延長壽命只是該死不死活受罪，至於以功德與修行延壽……除非你有非做不可的事，否則最好把功德用在別的東西上。」

「我會記住。劉逢是靠執念還是功德延壽？」

「他生前做過不少善事，不過主要是執念。」

宋熹公轉回正題道：「我們派過好幾名陰差去勾魂，可是都沒成功，正在考慮要等他自己筋疲力竭放棄，還是使出強硬手段時，劉逢主動找上陰差。」

蒲松雅腦中靈光一閃，前傾身子問：「這和我們有關嗎？」

「有關到不能再有關了。劉逢說，上週有一對男女到他的病房探病，這對男女很擔心他的妻子的迷信問題，想藉助他的力量勸說妻子脫離神棍集團。」

胡媚兒瞪大雙眼，搭上蒲松雅的肩膀道：「那是我們！劉伯伯聽到我們的對話！我當時怎麼沒發現他的魂魄在附近？」

「因為他不在附近。」宋熹公搖頭道：「劉逢當時去陪老婆了，是醫院裡的遊魂將你們的事告訴他，他再找上陰差，希望能得到我們的協助。」

「協助？」蒲松雅和胡媚兒一同問。

「劉逢不願意離開陽世的原因，是他太擔心自己的老婆——擔心什麼我應該不用講了，可是他礙於老婆八字太重沒辦法直接託夢，只能這麼不死不活的在旁邊乾著急，直到你們出

現，所以……」

宋燾公驟然指向蒲松雅：「你！把你的青春肉體借給劉老先生，好讓他能把自己的老婆搖醒，然後乖乖去過奈何橋。」

蒲松雅的腦袋陷入空白，過了四、五秒才回神站起來問：「等等，為什麼會扯到我身上？這不是我的事啊！」

宋燾公聳肩問：「你頭都洗一半了才想逃？」

「分明是你們硬把我的頭壓到水下！」

「不管是我們壓還是你自願，頭都已經濕了啦！」

宋燾公將腳蹺上辦公桌，抬高下巴毫不客氣的道：「再說，你人在我的地盤上，還奢望能逃嗎？」

「……你這個流氓！」

「多謝讚美。」

宋燾公笑得像條鯊魚，愉快的搖晃雙腳道：「別一臉被狗咬到的表情啊，幫冥府辦差累積的功德比唸經十年還多，你唯一的困擾，只有事情結束後要花不少時間洗澡——為了讓劉逢安全的上你的身，我們得在你身上寫不少咒文。」

「你不能找別人嗎……」

「我們沒時間找。劉逢已經滯留陽世太久了，再拖下去會影響他下輩子的狀態。」

「就算如此……」

「松雅先生！」胡媚兒站起來，對蒲松雅九十度鞠躬道：「我知道在麻煩你那麼多事後，再說這種話實在有點有厚顏無恥，但是我真的、真的必須再請你幫一次忙——請將你的身體借給劉伯伯。」

蒲松雅的嘴角抽搐兩下。陪狐仙去參加奇怪的布道大會、與對方一起跟蹤搞外遇的神棍、花上半個多月的時間替她做特訓擬講稿就算了，現在還要他出借身體讓別人附身？這要求未免也太……

「松雅先生。」胡媚兒抬起頭，淚眼汪汪的注視蒲松雅道：「請幫幫我，幫幫劉伯伯，我們沒有其他人類能找了。」

蒲松雅回視胡媚兒，在和狐仙進行長達五分鐘的瞪眼比賽之後，他低頭嘆氣道：「……我幫妳。」

「松雅先生！」胡媚兒拉直腰桿，雙眼閃耀如星子。

「但僅此一次！」蒲松雅紅著臉高聲強調：「我是因為想快點讓事件落幕才答應的，不是因為妳，更不是因為陰德陽德，不要擅自認為我……」

「松雅先生你果然是好人！」

「我才不是……別、別撲到我身上！」

「松雅先生，等事情結束後，我請你吃大餐作報答！」

「那對妳來說是自肥吧？」

▼※▲▼※▲▼※▲▼※▲

對吳鳳霞而言，早晨是一天當中最令她痛苦的時刻。

她固定在清晨五點睜開眼睛，一面打哈欠、一面掀開棉被，再習慣性的往右看。

右側的床位空空如也，蓬鬆的枕頭沒有凹陷的痕跡，白床墊上幾乎不見皺摺，在在提醒著吳鳳霞，與她共寢三十餘年的丈夫此刻正在醫院和死神拔河。

在意識到這點的同時，她的情緒一下子落至深淵中。

吳鳳霞和劉逢是青梅竹馬，兩人的個性南轅北轍，不過卻也因此互相吸引；結婚之後，他們總是出雙入對，不曾分開超過兩晚，是一對令人稱羨的神仙眷屬，直到一輛機車撞碎了他們的幸福。

劉逢在外出買菜時，遭闖紅燈的機車撞倒，雖然周圍的人馬上打電話叫救護車，可是他仍不幸腦死成為植物人。

劉逢陷入腦死狀態，吳鳳霞則進入心死之境。她日日夜夜守在病房中，不吃不喝不睡的照顧著丈夫，導致身體不堪負荷，被護士送去打營養針。

吳鳳霞對這一切感到絕望，她無法喚醒、甚至不能好好的照顧丈夫，午夜夢迴時總害怕先生會突然斷氣，挫折與恐懼輾壓著她的心，很快就將她逼到崩潰邊緣。

就在此時，她接觸了寶樹菩薩禪修會。

禪修會的志工到醫院進行訪視，他們一一探訪重病和慢性病病房，給予病人與家屬安慰、祈福。他們來到吳鳳霞的病房，聽吳鳳霞哭訴、詛咒、叫罵與哀號，然後告訴她，她的先生還有救。

吳鳳霞道：「但是醫生說我先生不可能醒過來，要我考慮拔管。」

「醫生只能盡人事，但是我們禪修會的大導師賈道識有菩薩的加持，可以改變天命，拯救妳的先生。」

禪修會的志工如此說，他們向吳鳳霞講述賈道識引發的奇蹟，這些不可思議、扭轉絕境的故事給了吳鳳霞一絲希望。

她帶著最後一絲希望前去參加禪修會的法會，在會上見到賈道識，在痛哭中請求對方救救自己的丈夫。

賈道識靜靜聽完吳鳳霞哭訴，握住對方的手道：「妳的丈夫之所以會出車禍昏迷不醒，原因出在妳身上。妳命中的煞氣太重，且有剋夫之相，妳丈夫年輕時還能靠自身的陽氣抵禦，可是一旦年紀大了，妳的煞氣就會傷到他。」

「那我該怎麼辦？我要怎麼做才能救他？」

「妳得先遠離自己的丈夫，然後削減自己的煞氣。這不是容易的事，妳必須改變自己的脾氣，誠心懺悔過去的罪過，替妳自己和妳先生做修行。」賈道識加重握手的力道，「妳不用擔心，我和菩薩會幫助妳，妳願意遵從菩薩的教法，接受祂的加護嗎？」

吳鳳霞點頭。她太絕望了，就算對方要她拿心臟換丈夫，她也會毫不猶豫的答應。

而吳鳳霞加入禪修會至今已滿一個月，她的丈夫仍未甦醒。

「願以此功德，莊嚴寶樹土。上報四重恩，下濟三途苦，若有見聞者，悉發菩薩心……」

吳鳳霞跪在小佛堂前誦經，將所有的不安、絕望與惶恐放進經文中；唸誦完經文，她再拿出鏡子練習笑容。

賈道識要她必須拋開車禍、拋開昏迷的丈夫，維持愉快的心情侍奉菩薩，如此才能消滅煞氣。吳鳳霞一開始做得很辛苦，不過她靠毅力與對丈夫的愛克服了這點。一週前，當她應胡媚兒之邀去蛋糕店用餐時，甚至能真心笑出來了。

只要她努力，假以時日丈夫一定會醒來——吳鳳霞如此確信著。

吳鳳霞換上外出服，走到兒子的門前大喊：「阿赤，阿母要去市場，要不要給你帶早餐回來啊？」

「唔……」劉赤水以迷糊的呻吟回應母親。

「算了算了，你醒來再自己弄吃的。」

吳鳳霞拎著菜籃車出門下樓，她的目的地是兩條馬路外的露天市場，不過她並沒有踏入市場。

為什麼？

因為在她進入市場前，先踏入一間老豆漿店。

這間豆漿店已經開業二十多年，在吳鳳霞與劉逢搬來前就開在街角，也成為兩人生活的重要記憶，他們每天的早餐都是在店內解決。

自從劉逢出事後，吳鳳霞就再也沒進過豆漿店，她總是刻意繞路，深怕會觸景傷情。

然而，今日她一回神就發現自己站在店門口，面對鬧哄哄的小店，聞到熟悉的豆漿香。

老闆娘很快就注意到老雇主，在熱騰騰的蒸籠後揮手道：「阿鳳！妳好久沒來了，快進來坐坐，最裡面的柱子旁還有空位！」

「不用了，我還要去……」

「別跟我客氣，快進來！我請妳吃剛出爐的包子！」

吳鳳霞拒絕不了老闆娘的熱情，於是只好拖著菜籃車走進店內，繞過男男女女來到空位前坐下。

豆漿店既熱又吵鬧，但吳鳳霞卻感到冷與寂寞，她從未一個人來豆漿店，雙人座對她而言太空曠了。

吳鳳霞想離開，非常、非常想離開。

「小姐，我可以和妳共用一張桌子嗎？」

溫潤的男子聲打散吳鳳霞的思緒，她匆匆忙忙的抬起頭，本想開口說「當然可以」，卻在開口前愣住。

因為來者稱呼她為小姐，且說話的聲音既緩又沉，所以吳鳳霞以為對方是有點年紀的男人，沒想到站在她面前的男子年紀不大，看上去不過比他兒子大上一、兩歲。

且他明明有張二十五、六歲，英俊又帶有幾分銳力感的年輕臉龐，卻穿得像六十多歲的老先生，舊格子衫與寬鬆的長褲浪費了他挺拔的好身材。

男子見吳鳳霞沒反應，再次開口問：「小姐，我可以和妳共用一張桌子嗎？」

吳鳳霞回神猛點頭道：「可以，當然可以，請坐！坐！」

「謝謝。」

男子拉開板凳坐下，環顧鬧哄哄的小店，笑道：「我好久沒來這家店了，它看起來一點

也沒變。」

「這家店二十多年來都沒什麼變，無論裝潢或味道都是。尤其是味道，像我先生最愛的……」

「人客，你的甜豆漿、鹹豆漿加蛋和蘿蔔糕來了。」女服務生打斷吳鳳霞的發言，她將豆漿、蘿蔔糕送上，像一陣風般轉到隔壁桌送餐。

男子從筷子筒中抽出免洗筷問：「妳剛剛說到一半的是……？」

「……像我先生最愛的鹹豆漿加蛋和蘿蔔糕。」吳鳳霞盯著男子的早餐回答，她看同樣的組合、聞同樣的味道十多年了。

「我也喜歡鹹豆漿加蛋和蘿蔔糕。」男子愉快的回應，扳開筷子夾起蘿蔔糕道：「這味道我吃上二十多年都不會膩。」

「二十多年？你看起來只有二十多歲啊。」

「我的真實年齡比我的外表大多了。」

這時，男子瞄了吳鳳霞的豆漿一眼，問：「妳早餐只喝豆漿？」

「我喝豆漿就好，我不怎麼餓。」

「只喝豆漿可不夠。妳想吃蔬菜燒餅嗎？」

「我……」

「蔬菜燒餅和鍋貼。」

男子擅自決定，起身走到門口找老闆娘點餐，幾分鐘後便端著食物回來。他將燒餅與鍋貼放到吳鳳霞面前，發現對方傻愣愣地盯著自己。

「怎麼了？」

「我、你……你怎麼知道我喜歡蔬菜燒餅和鍋貼？」

「我猜的。我認識一名和妳一樣美麗的女士，蔬菜燒餅和鍋貼是她的最愛。」

吳鳳霞被「美麗」兩個字打中，雙頰爬上紅暈，不好意思的笑道：「你、你你嘴巴真甜，居然說我這種老太婆美麗。」

「美麗和歲月無關。」

男子停頓幾秒低聲道：「且有些話現在不說，就再也沒機會說了。」

吳鳳霞看得出來男子藏著許多故事，她對這些故事好奇，而好奇的歐巴桑會做的事只有一件——把故事挖出來。

她一反先前的被動，使出五十年累積下來的八卦功力開始挖故事。

他們在豆漿店裡聊了一個多小時，吳鳳霞沒問出男子的姓名、住址和年紀，可她知道了他是本地人，興趣是聽戲、泡茶與下象棋，因為某個難以啟齒的原因必須告別家鄉，因此在離去前特別回來把記憶裡的路走過一輪。

「……我這次離開後，就不會再回來了。」

男子看起來頗為憂傷，他低頭不語好一會，等到再次抬頭時，憂傷已轉化為堅定，「吳小姐，我有個不情之請，可否請妳陪我走這最後一段路？」

吳鳳霞面露難色，她和男子聊得很開心，也想更了解對方，可是今天下午禪修會有法會，她必須在九點前到總部幫忙。

男子看出吳鳳霞在猶豫，低下頭懇切道：「拜託妳，我需要妳陪我走這段路。」

「我……」

「如果妳覺得無趣，或是突然有急事，妳隨時能離開，但是在那之前，請陪我走一段路，一段就好。」

吳鳳霞蹙眉凝視男子，在經過漫長的沉默後，她緩緩點下頭道：「我陪你走這段路。」

男子露出笑容，他主動幫吳鳳霞買單、牽菜籃車，領著對方走出早餐店。

吳鳳霞以為男子會朝大街上走，畢竟對方是個年輕人，而年輕人都喜歡大街上的漂亮商店。然而，男子並沒有直奔大街，相反的，他帶著吳鳳霞走入小巷弄中，在狹窄、陳舊的巷弄中行走。

他仔仔細細、一條一條將社區內的每條小巷子都走過，踏進巷中的書店、五金行和蔬果攤，和老闆與店員簡短寒暄，然後安安靜靜的逛店。

男子走的路徑、進入的商店都不有趣，前進的步伐也緩慢得考驗人的耐心，可是吳鳳霞並沒有因此心生厭煩，因為男子所逛的小巷、老店鋪，也是她與丈夫常常造訪的地方。

他們夫妻時常在吃完早餐或午餐後，牽手走進巷弄中採買、訪友或單純散步；吳鳳霞喜歡在路上找熟人聊天，劉逢則愛一個人窩在店內觀看商品。

過去，吳鳳霞對丈夫的駐足之舉總是不耐煩，老是硬將人拉出店家，沒耐心等丈夫看到盡興。現在回想起來，當時的她是多麼任性、不知感恩，想都沒想過自己會失去與丈夫一同散步、凝視對方背影的一天。

所以，吳鳳霞能包容男子的緩步慢行，可以隨對方在某間店內站上半個多小時。

兩人從朝陽東昇的早晨，逛到夕陽西沉的黃昏，走遍所有吳鳳霞與劉逢拜訪過的街道、商店，最後來到本地歷史最悠久的土地公廟前。

當然，這間廟和他們走過的巷弄、小店一樣，也深植於吳鳳霞的回憶。

男子仰望斑白的廟宇，輕吐一口氣道：「吳小姐，謝謝妳願意陪我走這一趟，我希望這一路上，妳沒後悔陪我走過。」

「你太客氣了，我這趟走得很愉快，還回想起不少事。」吳鳳霞揚起嘴角道：「有好事也有壞事，可是現在回想起來……全都是好事，真的。」

「聽妳這麼說，我就了無遺憾了。」

「遺憾什麼？」

男子沒有回答，他凝視神壇中沾滿香灰的土地公像，深吸一口氣幽幽問：「吳小姐，妳覺得人們到土地公廟會做哪些事？」

「拜拜求平安啊。」

「只有拜拜？」

「到廟裡除了拜拜，還能幹什麼？」

「還可以求婚。」

男子轉向吳鳳霞，年輕的眼中藏著深遠的情感：「當年，我就是在這裡，問妳願不願意和我牽手一輩子。」

吳鳳霞愣住，她聽不懂對方的暗示，僅是瞪大雙眼注視男子。

「鳳娘。」

男子——附身在蒲松雅身上的劉逢——吐出吳鳳霞年輕時的小名道：「三十二年前，妳就是在這個時間，在這間廟前，答應我的求婚。」

吳鳳霞張開嘴巴再閉上嘴巴，如此反覆好一會才擠出話：「我、我的丈夫是劉逢，他人在醫院。」

「我知道。」劉逢朝吳鳳霞伸出手，小心翼翼的碰觸對方的臉頰道：「對不起鳳娘，讓妳等這麼久。」

吳鳳霞的肩膀一震，理智告訴她這不可能，但是記憶卻告訴她這絕對有可能。

男子穿著和劉逢相似的衣著，吃和劉逢相同的早餐，和劉逢走一樣的路，知道劉逢知道

的事——無論是吳鳳霞早餐愛吃什麼，或是在哪裡牽起丈夫的手。

而且最重要的是，這個男子有她丈夫的眼神。

「怎麼……怎麼會……你、你！」

吳鳳霞瞪著男子，片刻後甩開對方的手，激動的抱住她認識又不認識的人。

「阿逢！阿逢、阿逢、阿逢！」

吳鳳霞像是要將懷中人壓碎一般，使勁擁抱裝有她丈夫靈魂的身軀大聲哭喊：「你這死鬼！不長眼的死鬼！過馬路前不先看看左右，就這麼給車子撞上！躺在醫院裡給我添麻煩！」

「對不起。」

「我才不要聽你說對不起，我要你醒來！現在就醒來！」

「我……」

「我要你醒過來，現在、馬上、立刻醒來！除了這個我什麼都不要聽！」

吳鳳霞揪住劉逢的衣服，把人拉下來，「告訴我你好了，告訴我你會好起來，而且現在就好起來！」

劉逢沒回應吳鳳霞，他只是憂傷的注視著妻子，握住對方的手，輕緩沉痛的道：「鳳娘，我不會好起來。」

吳鳳霞的身體瞬間僵硬，她注視劉逢幾秒，驟然後退大喊：「你怎麼可能不會好！大導師說你會好起來，你會醒過來，我們會像過去一樣……」

「不會像過去一樣了。」吳逢溫柔但果斷的強調，加重握手的力道，「我的陽壽已經耗盡了，這不是任何人的錯，就只是時間到了。」

「可是大導師說……」

「不管他說過什麼，我都會在明天清晨四點斷氣。」

吳鳳霞反抓住吳逢的手，像頭護子的母獅子般猛力怒吼：「我不會讓你死！我會救你，我會動用所有能動用的……」

「沒有人能救我！」

劉逢拉高音量蓋過吳鳳霞的話聲，他將妻子拉到眼前，低頭正視對方的雙眼道：「沒有人！人終有一死，我們能做的只有好好告別。」

「我不要和你告別！」

「我也不想，但是時候到了。」

劉逢將吳鳳霞拉入懷中，用蒲松雅的手臂撫摸妻子道：「對不起，我要比妳先走一步，對不起。」

吳鳳霞抓緊劉逢的衣服，將自己的頭深埋在對方的胸口，將淚水與哭聲抹在對方身上。

劉逢拍撫吳鳳霞的背脊，在妻子稍稍冷靜後將人拉開，凝視老伴侶的臉道：「鳳娘，鳳娘聽我說，我知道這個要求很過分，但是我希望在我走後，妳能繼續好好過下去。」

「沒有你，我要怎麼好好過活！」

「為了我，妳必須好好過活。」

劉逢嚴肅的道：「否則，我會死不瞑目。」

吳鳳霞的肩膀緩緩下垂，所有的強勢、堅持和抗拒，全部融化在劉逢的注目之下。

劉逢雖然總是包容妻子，總是無條件支持與跟隨吳鳳霞，可是當他下定決心時，誰也無法改變他的決定，無論對手是愛妻還是陰差。

「你這個死鬼……」吳鳳霞渾身顫抖道：「等你走後，我要花光你的退休金，一張金紙都不燒給你，讓你去地府當要飯的！」

「我的錢本來就都是妳的。」

劉逢再次擁抱妻子，將下巴靠在對方的頭頂道：「想玩就去玩，想買衣服首飾就去買，別省別吝嗇，把每分錢都花在自己身上，別送到別人的口袋裡。」

吳鳳霞的胸口一陣酸楚，可是她按下心痛，握拳搥上丈夫的胸口道：「你留給我的錢，才不夠我買衣服和首飾。」

「對不起。」

「我才不要聽你說對不起。」

吳鳳霞第二次說這句話。和前次不同的是，她臉上掛著笑容，掛著顫抖但堅強的笑容。

「我要你帶我去逛街、去吃大餐，還要看電影，這是你欠我的。」

「當然。」

劉逢緊握吳鳳霞的手道：「我會陪妳，直到我走不下去為止。」

尾聲
報告芳少爺：「貪」已奪取

週日的秋墳書店一如往常，悠哉得一點也不像間有賺錢的書店。

朱孝廉坐在櫃檯內，一面替新進書籍貼價目標籤，一面張大嘴巴打哈欠。

如果是以往，朱孝廉會偷偷摸摸的打哈欠，以免被守在後頭的店長大人敲頭，不過今天他完全沒有這層顧慮。

原因很簡單，因為蒲松雅完全沒在注意朱孝廉。

蒲松雅人坐在櫃檯內，他的腿上躺著一本武俠小說，目光卻沒停在書頁上，而是飄蕩在半空中。

對蒲松雅來說，這實在很不正常。他雖然會在顧店的時候分心看書，可是鮮少在看書時神遊物外。

這令朱孝廉很好奇，非常、非常的好奇，他一次次偷瞄蒲松雅，最後終於忍不住靠過去問：「店長、店長？店長你還好嗎？」

蒲松雅猛然回神，瞧見朱孝廉的大臉橫在自己面前，馬上反射動作揮拳打過去。

朱孝廉在毫無防備的情況下中拳，後仰撞上櫃檯，掩著鼻子痛苦的道：「店、店長你怎麼打人啊！」

蒲松雅維持揮拳的姿勢，看著朱孝廉兩秒才清醒過來道：「孝廉？我還以為是牛頭馬面或黑白無常之類的。」

「牛頭馬面和黑白無常？店長你這樣講也太過分了吧！」

「我不是說你是，我只是……」

蒲松雅張口不言片刻，揮揮手低下頭道：「算了，沒什麼，忘記我說的話。抱歉，我不該揍你。」

朱孝廉嘆一口氣站到對方身邊，拍拍上司的肩膀道：「店長，你不用掩飾，我懂，每個男人都懂。」

「懂什麼？」

「失戀、分手、被甩、重返去死去死團……」

朱孝廉發現蒲松雅一臉茫然，停下來皺眉問：「你不是被小媚甩了嗎？」

「……我和她從沒在一起過。」

「你們沒在一起？那她為什麼整整三個禮拜都沒到店裡？」

「我哪知道，你不會直接去問她嗎？」

蒲松雅話一說完，就瞧見朱孝廉拉平嘴角，彷彿被人重擊胯下一般。

「怎麼了？」

「她不接我的電話，也不回我的簡訊、LINE和SKYPE！」朱孝廉跌坐在地，雙手緊抓頭髮哀怨道：「我被討厭了！我又被可愛的女孩子討厭了！我又被女人甩了！」

「你和她從沒在一起過。」蒲松雅用書敲朱孝廉的頭道：「胡媚兒沒到店裡、沒回你的訊息，大概是因為她太忙了，她男友的父親三週前過世。」

朱孝廉抬起頭，兩眼掛著希望的淚光道：「原來小媚是在忙啊！太好了！我沒被甩掉，我還有希望！」

「你是刻意忽略『男友』兩個字嗎？」

蒲松雅搖搖頭，重新翻開書本，做出閱讀的姿勢，但還是沒有讀入一個字。

距離將身體借給劉逢已經過了三個禮拜，蒲松雅仍無法忘懷被附身時的感受，劉氏夫婦所走過的路、說過的話，以及兩人濃烈的情感，依然緊緊環繞著他。

蒲松雅希望劉老先生一路好走，吳鳳霞能不再受神棍掌控。他想知道劉家是否安好，可是他不能親自去問。

為什麼？

因為劉逢「穿著」他的身體，和吳鳳霞親密相處將近一天，吳鳳霞記性再差也會記得蒲松雅的聲音與外貌。

他只能等胡媚兒聯絡，但是胡媚兒整整三週都沒給他一個字。

「匡啷啷！」

大門上的鈴鐺發出比平常大上兩倍的聲響，蒲松雅與朱孝廉同時轉向門口，在門前看到一名頭髮凌亂、臉色發黑、目含血絲的男子——劉赤水。

蒲松雅沒在第一時間認出劉赤水，因為他一向不擅長記人臉，而對方的表情又猙獰得可怕，直到人衝到櫃檯前，手臂越過檯面揪住他的衣領，才驚覺入門的是誰。

只是知道對方是誰，和知道對方來做什麼是兩回事。

蒲松雅反抓劉赤水的手掙扎道：「喂，你突然做什……」

「是你吧！就是你吧！你這個混蛋，我饒不了你！」

劉赤水把蒲松雅從椅子上扯起來，俊秀的臉龐完全不見過去的斯文，只有純粹的怒氣。

朱孝廉嚇一大跳，也站起來抓住劉赤水的手，勸說道：「這位客人冷靜啊！有什麼事坐下來好好……」

「我和他沒什麼好談的！」

劉赤水大力搖晃蒲松雅，再貼近對方的臉怒吼：「居然搶走我的寶物！你知道我做了多少努力，才得到現在的成果嗎？你這個半途冒出來的男人竟敢……我饒不了你！」

「你在說什麼我完全不……」

「小、小赤？」

驚呼聲驚動三人，蒲松雅、朱孝廉與劉赤水一同往後望，瞧見胡媚兒提著兩個大塑膠袋，一臉驚訝的注視著他們。

劉赤水鬆開蒲松雅的衣領，轉身面向門口、手則指向櫃檯問：「小媚，就是這個男人嗎？罪魁禍首就是他嗎！」

胡媚兒看看櫃檯，歪頭問：「哪個男人？」

「這個男人啊！」劉赤水把手指壓到蒲松雅的額頭上。

「這個男人……松雅先生怎麼了？」

「松雅先生？妳叫他松雅先生！這個男人果然就是破壞我們感情的凶手！」

蒲松雅愣住兩秒，驟然想通劉赤水生氣的原因——對方八成把他誤認為情敵或第三者。

他垮下肩膀，瞪著胡媚兒道：「喂胡媚兒，妳男友以為我想追妳，妳快點向他解釋，我只是偶然住在妳家樓下的普通鄰居，對妳一點意思也沒有。」

胡媚兒恍然大悟的睜大眼睛，她先將塑膠袋放到一旁的方桌上，再跑到櫃檯前對劉赤水搖搖手道：「小赤你誤會松雅先生了，松雅先生對我沒有半點興趣，他說過，我不是他喜歡的類型。」

「真的？」劉赤水臉上的凶氣散去幾分。

胡媚兒用力點頭強調：「當然是真的！松雅先生沒有主動接近過我，還三不五時就趕我走，每次都我要千拜託萬拜託，他才願意聽我說一、兩句話。」

朱孝廉瞄向蒲松雅輕聲道：「店長你對女孩子也太冷酷了……」

「要你管。」蒲松雅瞪朱孝廉一眼，轉回去觀察劉赤水。

劉赤水看起來仍舊惱火，但至少沒有進店時那麼可怕，只要胡媚兒再努力一點，就能化解他的誤解。

蒲松雅對胡媚兒使眼色，順利得到狐仙點頭回應。

胡媚兒按住自己的胸口，盯著劉赤水道：「松雅先生根本不想和我扯上關係，是我自己去糾纏松雅先生，希望能獲得他的信賴。是我對松雅先生有意思，也是我想追松雅先生，松雅先生是無辜的！」

「……」

「……」

「……」

「嗯，怎麼了？為什麼大家都不說話？」胡媚兒看著沉默的男士們。

劉赤水的肩膀抖動兩下，轉身掐住蒲松雅的脖子道：「果然是你！害我和小媚分手的凶手果然就是你！我要宰了你！」

「分、分手？」蒲松雅掙扎的問。

「小赤！不能殺人，快點放開松雅先生！要不然……要不然……」胡媚兒情急之下高聲大叫：「我就一輩子把小赤當敵人！」

劉赤水掐人的動作停頓，他僵硬的轉向胡媚兒，以顫抖的聲音問：「妳……妳喜歡這個男人到這種程度嗎？」

「我是很喜歡松雅先生沒錯，不過『這種程度』是什麼程度？」

劉赤水沒有回答，他看看胡媚兒，再瞪瞪蒲松雅，然後扭頭轉身一面飆淚、一面奔向門口吼道：「畜生啊啊啊啊啊——」

「小赤！」

胡媚兒扯著嗓子呼喊，她沒能叫住劉赤水，只得轉身向蒲松雅、朱孝廉問：「小赤為什麼跑走？」

「……」

「……」

「松雅先生、孝廉？」

「我想是……」朱孝廉支支吾吾難以啟齒，直接轉移話題問：「小媚，妳上哪去了?沒來店裡也沒回我的簡訊？」

「我忙劉伯伯的喪禮，還有幫小赤做考試的最後衝刺。」

「公務人員考試嗎？」

「是的，就是上個禮拜六、日舉辦的高普考。沒想到考試和喪禮撞在一起，我和小赤都快忙死了。」

胡媚兒突然想起自己的來意，她跑回方桌邊拎起塑膠袋道：「對了，我買了滷味、炸雞、義大利麵和烤肉，我們可以一起吃晚餐。」

朱孝廉握住塑膠袋道：「太好了！我……」

「孝廉，去對街買三杯百香果綠回來。」蒲松雅將零錢包扔給朱孝廉，在對方抗議前道：「胡媚兒出晚餐，我出飲料，你出勞力。」

朱孝廉望著自家強勢、專制又惡劣的上司，嗚咽一聲抓著錢包衝出店面。

胡媚兒目送朱孝廉淚奔而去，走到櫃檯前問：「你這樣對待孝廉沒問題嗎？」

「有什麼問題？他有錢，也認得路。妳，過來。」

蒲松雅在櫃檯內招手，等胡媚兒一靠近就低聲問：「事情解決了嗎？」

「解決了！」

胡媚兒將塑膠袋放到櫃檯上，高舉雙手開心的道：「吳阿姨已經脫離禪修會，小赤也很努力準備考試，現在只等考試放榜，我的報恩任務就完全結束了！」

「所以妳就甩了他？」蒲松雅雙手抱胸皺眉道：「萬一他落榜了怎麼辦？妳要回到他身

邊再來一次嗎？」

「小赤不會落榜，因為我整裡給他的練習題中，三題裡有一題是本次考試的考題。小赤的記性很好，幾乎是過目不忘，所以一定考得上！」

「……這話要是被其他考生聽到，妳男友肯定會被做成消波塊。」

「為什麼？」

「因為他有個作弊到極點的狐仙女友。」

「耶————」

蒲松雅揮手要胡媚兒安靜，問出最後一個問題：「所以……一切都結束了？」

「都結束了。」

「妳確定？」

「我確定。」

「沒有意外、變卦或新展開？」

「沒有意外、變卦或新展開。」

「……很好。」

蒲松雅靠上電腦椅，卸去全身的力氣癱平在椅子上。

結束了，不管是妖怪還是神棍，冥府或是人間，統統都結束了，他終於可以回歸……

「但是我還是會常常來找你。」胡媚兒將手放到蒲松雅的肩頭，溫柔的微笑道：「我要成為松雅先生的朋友，這是我下一個重要任務。」

蒲松雅瞪著胡媚兒，臉色難看的像吞下一把蒼蠅。

「松雅先生？」

「我剛剛才、才……算了！我沒事，忘記我剛剛說的話。」

蒲松雅搖搖頭，輕敲桌面低聲道：「只是雖然劉家的問題解決了，禪修會還是屹立不搖，總覺得有點遺憾呢。」

「關於這個，小正說他會……」

「店店店店長！」

朱孝廉的聲音與身體同時撞開玻璃門，他跌跌撞撞的衝到櫃檯前，劈頭就衝著蒲松雅大喊大叫道：「你知道這個嗎？這個是你們搞的嗎？你們要搞這個怎麼沒通知我！」

「你在講什麼？」

「這個啊！店長你知道這個吧？」朱孝廉拿出今日出刊的水果週刊，推到蒲松雅面前問：「這篇是你和小媚一起寫出來的吧？」

蒲松雅和胡媚兒低頭看週刊，週刊的封面中央是美豔的女星，角落則有一個掌心大小的小圓圈，圈內是賈道識——正被女伴甩巴掌的賈道識。

蒲松雅瞪著賈道識兩秒，急急翻開雜誌，找出寫有賈道識報導的那一頁。

該篇報導放了許多照片，以及一行鮮紅、醒目的大標題——

「佛心不敵色心！寶樹菩薩禪修會創辦人賈道識驚傳婚外情！」

「這個、這個是你們爆的料吧？」朱孝廉指著上頭的文字道：「這上頭說，賈道識在法式餐廳裡被大老婆抓包，大、小老婆在餐廳內打成一團。這是你們查到的事吧？」

「知道這件事的人不只有我們，當時餐廳內的客人與服務生有二十多人，他們全都有看見那場混……」蒲松雅越說越小聲，終至完全沉默。

他凝視雜誌上的照片，片刻後抬起頭道：「胡媚兒，這是我拍的照片，每一張都是。」

「我想是的。」

「我拍的照片怎麼會……」蒲松雅靈光一閃，嚴肅的問狐仙：「妳把照片寄給週刊？」

「我沒有，我只是把照片給小正。小正有認識一些媒體圈的朋友，他可能把照片拿給那些朋友了。」

「……」

「對不起，松雅先生，我不該這麼做嗎？」

「不是不該，只是……只是下次請提前告訴我。」

蒲松雅低下頭閱讀報導，報導內容除了賈道識的多角關係外，還挖出名神棍曾有假投資真斂財的紀錄，再加上數位匿名受害者的供詞，交織成強烈又全面的指控。

考量到水果週刊的發行量、影響力與報導本身的說服力，他想賈道識最好準備跑路，要不然他得面對非常、非常多的抗議，甚至是官司。

蒲松雅希望媒體會報導這些，他會很享受賈道識狼狽的樣子。

▼※▲▼※▲▼※▲▼※▲

當蒲松雅等人吃炸雞看週刊時，賈道識正在他的某間房子裡收拾行李。

他看到週刊的報導，也了解報導的嚴重性，所以馬上躲到位於郊區的別墅，打包行囊準備假證件。

賈道識貪婪但不笨，他替自己計畫好至少三份假證件、數個藏身處與數不清的秘密資金，若有需要隨時能取用。只是他想都沒想到這麼快就必須動用這些保命符，以逃避媒體、信徒、警方與黑道的追殺。

是誰！是誰破壞他苦心建立的王國！

賈道識用力將衣服扔進行李箱，腦中交織數十種將寫報導的記者、拍照的攝影師與審稿編輯虐待致死的計畫。

等他逃到安全的地點後，絕對會將計畫化為現實，他不會放過阻礙自己的人！

「去死、去死、去死、去死！」

賈道識用力拍打行李箱，將可憐的箱子當成仇人的身軀，踢打至盡興才退後，拉起行李箱轉向房門口。

一抹黑影同時映入賈道識的眼簾，他先是嚇得後退，再認出對方的眼喊道：「聶小倩！妳什麼時候進來的？我們雖然是合作夥伴，但不代表妳能隨便進出我家。」

黑影——聶小倩沒有回話。

她是一名秘書打扮的纖細美女，嬌柔的小臉上毫無表情，漆黑如夜的長髮直指地板，細瘦的雙腿包覆在黑絲襪中，彷彿隨時都會消逝的幽靈。

賈道識皺眉問：「妳來這裡做什麼？該繳給寶樹夫人的錢，我兩禮拜前就給了。」

「……」

「還是芳少爺找我幫忙？我承認我受你們很多照顧，你們教我怎麼唬信徒吐錢，怎麼和黑道打交道，還有怎麼騙過我家的母老虎，但是我也有付錢啊！你們無權再向我討人情。」

「……」

「我現在自身難保了，不過放心，我不會把你們供出來。」

賈道識拖著行李箱往門口走，在與聶小倩擦肩而過時，被對方扣住左手臂。

賈道識反射動作想抽手，然而他的手卻像被鐵鉗夾住一般動彈不得。

聶小倩扣住比自己粗上兩多倍的手道：「我奉少爺的命令，前來回收。」

「回收什麼？」

聶小倩以行動代替回答，她鬆開賈道識的手臂，然後將纖纖玉手直接插入對方的胸口。

賈道識瞪大眼珠，還沒能發出尖叫聲，意識就消散在空白中。

聶小倩抽回手，她明明貫穿了賈道識的心臟，白手上卻沒有一滴血，改變的僅有手腕上的赤色佛珠，佛珠由暗紅轉為鮮紅，再緩緩回歸暗色。

她低頭注視賈道識的身軀，拿出手機貼上耳朵道：「少爺晚安，這裡是小倩。」

「晚安小倩。」

電話那頭響起柔軟的、富有情感的話聲：「事情辦得如何？我們的客戶有為難妳嗎？」

「沒有，賈道識所生的『貪』已回收。」

「不愧是我的小倩，辦事總是如此俐落。」

「這是我當為之事。」聶小倩的話聲染上一絲柔軟，「我即將返回府邸，您需要我替您帶任何物品嗎？」

「我想想……把妳自己儘快帶回來？我可愛的小倩，沒有妳的寶樹府實在太無聊了。」

「遵命。」

「只有遵命？」

聶小倩的手指縮緊，遲疑片刻才回答：「遵命，我的……松芳少爺。」

「貪」已奪取，「瞋」、「痴」、「慢」、「疑」也安排妥當，他們停滯六年的計畫總算能開始了……

《松雅記事之一・我家門前有狐仙》完

敬請期待更精采的《松雅記事之二》

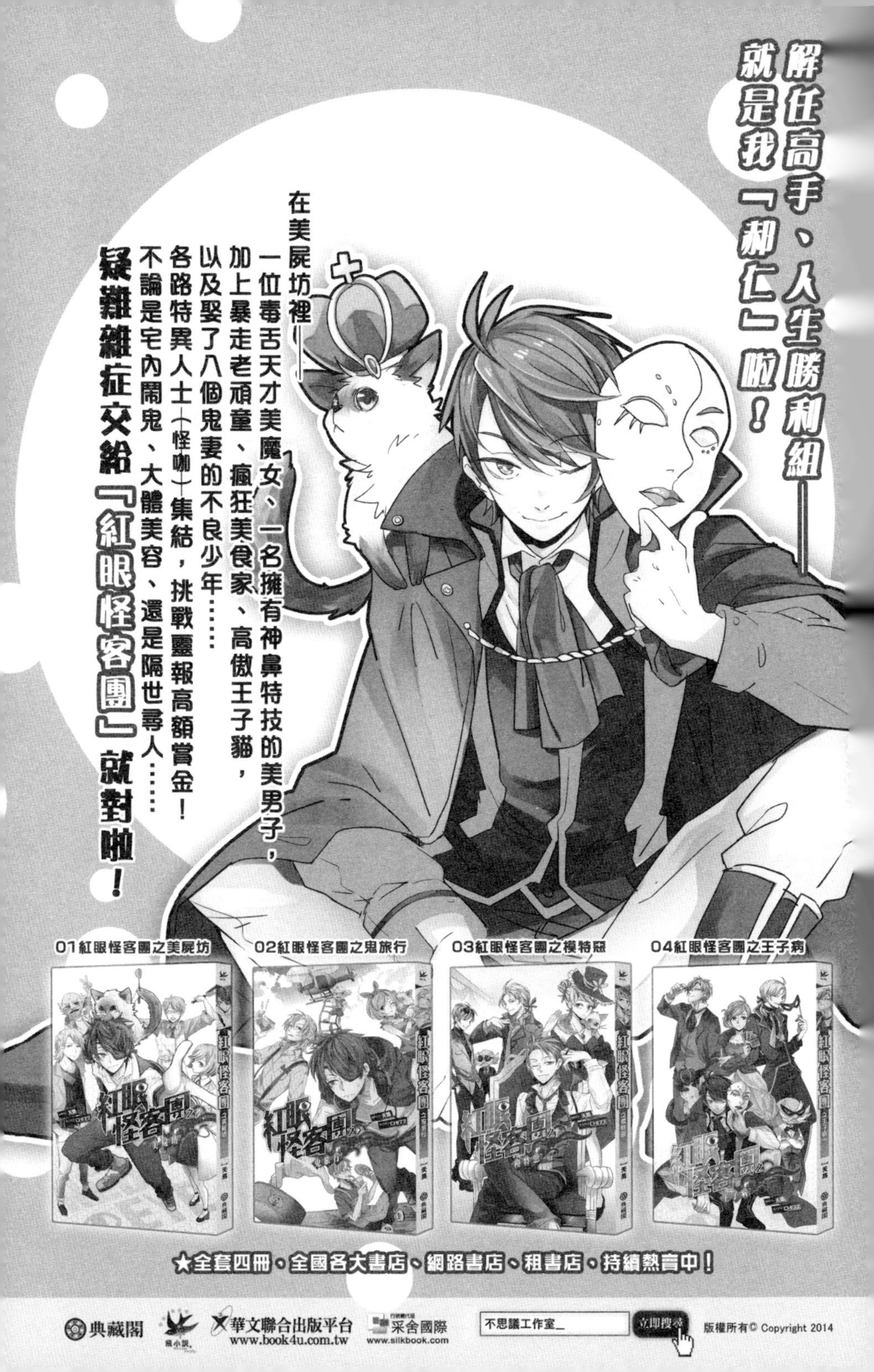

飛小說系列 114

松雅記事之一

我家門前有狐仙

出版者■典藏閣
作　者■M.貓子　繪　者■麻先みち
總編輯■歐綾纖
製作團隊■不思議工作室
郵撥帳號■50017206 采舍國際有限公司（郵撥購買，請另付一成郵資）
台灣出版中心■新北市中和區中山路 2 段 366 巷 10 號 10 樓
電　話■(02) 2248-7896　傳　真■(02) 2248-7758
物流中心■新北市中和區中山路 2 段 366 巷 10 號 3 樓
電　話■(02) 8245-8786　傳　真■(02) 8245-8718
ISBN■978-986-271-556-7
出版日期■2014 年 12 月
全球華文國際市場總代理／采舍國際
地　址■新北市中和區中山路 2 段 366 巷 10 號 3 樓
電　話■(02) 8245-8786　傳　真■(02) 8245-8718
新絲路網路書店
地　址■新北市中和區中山路 2 段 366 巷 10 號 10 樓
網　址■www.silkbook.com
電　話■(02) 8245-9896
傳　真■(02) 8245-8819

☞**您在什麼地方購買本書？**☜

1. 便利商店（＿＿＿＿市／縣）：□7-11　□全家　□萊爾富　□其他＿＿＿＿＿＿

2. 網路書店：□新絲路　□博客來　□金石堂　□其他＿＿＿＿＿＿

3. 書店（＿＿＿＿市／縣）：□金石堂　□誠品　□安利美特animate　□其他＿＿＿＿

姓名：＿＿＿＿＿地址：＿＿＿＿＿＿＿＿＿＿＿＿＿＿＿＿＿＿＿＿

聯絡電話：＿＿＿＿＿＿＿＿　電子郵箱：＿＿＿＿＿＿＿＿＿＿＿＿＿＿＿＿＿

您的性別：□男　□女　　您的生日：西元＿＿＿＿＿年＿＿＿＿＿月＿＿＿＿＿日

（請務必填妥基本資料，以利贈品寄送）

您的職業：□上班族　□學生　□服務業　□軍警公教　□資訊業　□娛樂相關產業
□自由業　□其他＿＿＿＿＿＿

您的學歷：□高中（含高中以下）　□專科、大學　□研究所以上

☞**購買前**☜

您從何處得知本書：□逛書店　□網路廣告（網站：＿＿＿＿＿＿＿）　□親友介紹
（可複選）　□出版書訊　□銷售人員推薦　□其他＿＿＿＿＿＿＿＿＿＿

本書吸引您的原因：□書名很好　□封面精美　□書腰文字　□封底文字　□欣賞作家
（可複選）　□喜歡畫家　□價格合理　□題材有趣　□廣告印象深刻
□其他＿＿＿＿＿＿＿＿＿＿

☞**購買後**☜

您滿意的部份：□書名　□封面　□故事內容　□版面編排　□價格　□贈品
（可複選）　□其他

不滿意的部份：□書名　□封面　□故事內容　□版面編排　□價格　□贈品
（可複選）　□其他

您對本書以及典藏閣的建議＿＿＿＿＿＿＿＿＿＿＿＿＿＿＿＿＿＿＿＿＿＿＿＿＿＿＿

＿＿＿＿＿＿＿＿＿＿＿＿＿＿＿＿＿＿＿＿＿＿＿＿＿＿＿＿＿＿＿＿＿＿＿＿＿＿

＿＿＿＿＿＿＿＿＿＿＿＿＿＿＿＿＿＿＿＿＿＿＿＿＿＿＿＿＿＿＿＿＿＿＿＿＿＿

✌未來您是否願意收到相關書訊？□是　□否

感謝您寶貴的意見

印刷品

$3.5 請貼 3.5元 郵票

不思議信箱 FUSIGI POST

235 新北市中和區中山路二段366巷10號10樓

華文網出版集團　收

（典藏閣－不思議工作室）